中国当代文学名家精品集

到灯塔去

沈念 著

成都地图出版社
CHENGDU DITU CHUBANSHE

图书在版编目（CIP）数据

到灯塔去 / 沈念著 . -- 成都 : 成都地图出版社有限公司 , 2025.3. -- （中国当代文学名家精品集）.
ISBN 978-7-5557-2651-7

Ⅰ.I267

中国国家版本馆 CIP 数据核字第 2025ZJ0022 号

中国当代文学名家精品集：到灯塔去
ZHONGGUO DANGDAI WENXUE MINGJIA JINGPIN JI: DAO DENGTA QU

| 著　　者：沈　念 |
| 责任编辑：赖红英 |
| 特约编辑：胡玉枝 |
| 封面设计：李　超 |

出版发行：成都地图出版社有限公司
地　　址：四川省成都市龙泉驿区建设路 2 号
邮政编码：610100

印　　刷：三河市人民印务有限公司
（如发现印装质量问题，影响阅读，请与印刷厂商联系调换）

开　　本：710mm×1000mm　1/16
印　　张：13　　　　　　　字　　数：200 千字
版　　次：2025 年 3 月第 1 版
印　　次：2025 年 3 月第 1 次印刷
书　　号：ISBN 978-7-5557-2651-7
定　　价：68.00 元

版权所有，翻印必究

《中国当代文学名家精品集》编委会

主　编　王子君

副主编　沈俊峰　陈　晨

编　委（按姓氏音序排列）
　　　　　陈长吟　陈　晨　韩小蕙　李青松
　　　　　聂虹影　孙　郁　沈俊峰　王必胜
　　　　　王子君　徐　迅　朱　鸿

出版说明

2023年春，教育部等八部门印发《全国青少年学生读书行动实施方案》。随后，122家国家语言文字推广基地共同发出"典耀中华"主题读书行动倡议。一些具有文化情怀的出版社和文化公司，立即响应，策划各种适合青少年阅读的图书，《中国当代文学名家精品集》书系应运而生。

《中国当代文学名家精品集》书系由北京世图文轩文化发展有限公司（下称"世图文轩"）策划，由成都地图出版社出版。我非常荣幸地受邀担任主编。

世图文轩成立于2010年，系北京市内乃至全国较有影响力的图书发行公司之一，曾获得"重合同守信用企业""诚信经营示范单位"等荣誉称号。长期以来，世图文轩和众多出版社就优质图书出版进行合作，获得了合作伙伴的一致好评。在"典耀中华"主题读书行动中，他们敏锐地抓住机遇，迅速策划主要以初、高中生为读者对象的大型书系选题，显现出他们的眼光、魄力与胸怀，以及对于文化市场的拓展理想。我相信，这样一家致力于图书策划、出版的公司，其品牌信誉是毋庸置疑的。

为成长中的青少年读者集中呈现名家优秀作品，是一件虽然困难，却功在当代、利在未来的大好事，我能参与其中，与有荣焉。我必须以一种高度的使命感、责任感以及担当精神来做好这个书系，成就这件大好事。

令人特别感动的是，刚开始组稿时，刘成章、王宗仁、陈慧瑛、韩小蕙、王剑冰、李青松、沈念等老师就对这个书系表现出极大的支持和信任，并在第一时间提供了书稿以示鼓励。很快，几乎所有得知此书系的作家都认为这是在为作家、为"典耀中华"主题读书行动做一件好事、大事。由此，我和我的临时编辑室成员获得了极大的信心，热情也更加高涨，此后连续十个月，我们整个身心都扑在了这件事上。

一个人只要用心做事，人们是会感受到的，也会默默地予以支持。事实上也是如此。随着组稿工作的开展，我们和作家们的沟通日益频繁，我们发现，他们除了都表现出对这个书系的兴趣与认可，对当代散文创作的发展、繁荣的前景，还有一种共同的期待与信心。这对我们无疑是一种更为巨大的鼓舞与动力。

组稿虽然也费了不少周折，但总体上比想象中顺利得多。当然，非常遗憾的是，一部分作者由于手头书稿版权等原因，未能加盟到这个书系。

组稿只是我们工作的一部分，更为具体、更为烦琐的，是审稿事务，它出乎意料的繁重，也占据了我们比预想的多得多的时间和精力。偶尔，我们也有点儿想放弃了，但是，想着这是一件功德无量的事，又兀自笑笑，继续埋头苦干。在这个过程中，感谢师友们对我们工作的配合、理解、支持与信任。

静下心来，切实感受审读、编辑工作的价值和意义。

书系里，名家荟萃，佳作如林。有的，曾代表过一种新的创作范式；有的，曾开启过一种创作方向；有的，对某一题材开掘出更深更独特的思想；有的，有引领某类题材与风格的新面貌；等等。毫不夸张地说，散文多角度多样式的表达，在这个书系里应有尽有，全景式、全方位地呈现出中国散文几十年的创作成果，是当代散文创作的一个缩影。

总体上，无论是题材、创作方法，还是思想容量，此书系都呈现了散文广阔的视野，让我们感受到散文天地的无垠无际。

具体来说，以下几个特点特别明显：

一、作者队伍可谓老中青完美结合。入选作者的年龄跨度最大达半个多世纪，上有鲐背之年的高龄名将，他们文学生命之树长青，宝刀不老，象征着老一辈散文家依然苍翠的文学生命力；最年轻的三十出头，他们雏凤声高，彰显散文创作的新生力量蓬勃兴旺的景象；一大批中壮年作家，是当代散文创作领域里当之无愧的中坚基石，他们的创作正处于繁花似锦的鼎盛时期，实力毕现。

二、题材多元多样，内容丰富多彩。书系中，既有涉及上下五千年历史的洒脱智慧的历史文化散文，又有让人惊艳的初次涉猎的新颖、独特题材。有人写亲情，有人写风景。有些人写自己的童年，让我们看到其成长时代；有些人写一个城市或一条河流的前世今生；有些人写自己对故乡的记忆，从更有新意的视角表现这个时代的巨变；有些人集中了自己几十年的写作精品，让我们看到他们的创作道路上的足迹；有些人专注于一个主题，开掘深挖，独具魅力；有些人关注时代、关注身边的人和事；有些人剖析自己的内心情感……总之，反映中华传统文化、红色文化和当代自然文学精粹的作品，在此书系里比比皆是，或温暖动人，或鼓舞人心。

三、风格百花齐放，个性特点鲜明。几十部作品，有的侧重写实，有的侧重抒情，有的注重开掘思想，有的追求内容唯美，有的描写细致入微，有的叙述天马行空……表现方式千姿百态。但无论哪种风格，无论如何表达，皆个性鲜明，情感饱满，呈现出思想性、艺术性、可读性兼备的特质，读者可以从中获得不同程度的启发，感受到散文的魅力。

四、女性作者跳出了人们对"女性散文"固有的观念。书系中占有一定比例的女性作者，她们的作品虽然仍保留细腻敏感的特色，但大都呈现出大气开阔、通透有力的格局。她们温柔而现代的行文表达，对读者来说有着更为别致的情感体验和人生借鉴意义。

总之，这个书系，将是我们打造阅读品牌的开端。如果你愿意静下心来阅读，你一定会有所收获。

习近平总书记在文艺工作座谈会上讲话时指出："优秀文艺作品反映着一个国家、一个民族的文化创造能力和水平。吸引、引导、启迪人们必须有好的作品，推动中华文化走出去也必须有好的作品。"我们希望，这个书系能成为读者眼里"正能量、有感染力，能够温润心灵、启迪心智，传得开、留得下，为人民群众所喜爱"的"优秀作品"。

在此，特别感谢沈俊峰、陈晨两位搭档的通力协作，我的编辑朋友梁芳、胡玉枝的倾力相助，以及世图文轩、成都地图出版社上上下下推进此书系出版的所有领导与师友的大力支持和耐心细致的工作。他们让我感受到了团队的力量。同时，也特别感谢出版方将我和我的搭档的作品纳入此书系，我们把此举视为对我们的"嘉奖"。

上述文字，不敢称"序"，不敢称"前言"，甚至不敢称"出版说明"，仅表达此书系的缘起和一些组稿、审读的感受，也许过于肤浅，还望广大作者、读者海涵。

《中国当代文学名家精品集》主编

目录

第一辑　一路缤纷

到灯塔去 / 3

天水 / 7

水流指南 / 11

流水函关 / 15

街声 / 20

化作水相逢 / 25

贺江面孔 / 31

时光幸存者 / 35

津市流声 / 43

于此辽阔之地 / 47

铁方佛与船 / 55

"城心"的神采 / 65

照见光芒 / 68

被时光遗佚的画卷 / 72

从清晨到日暮 / 76

八廓街旋律 / 80

为一条山路命名 / 86

大湖消息（节选）/ 90

巴什拜上山喽 / 106
漫长的启程 / 119

第二辑　对一个冬天的观察

对一个冬天的观察 / 129
与一棵树的相遇 / 134
一树悲凉 / 137
零碎生活 / 144

第三辑　象形生活

象形生活 / 153
野火焰 / 161
有一种永恒 / 163
会言语的石头 / 166
花和草鞋 / 170
被露水惊醒 / 173

第四辑　有天使在屋顶上飞翔

浮光掠影 / 179
有天使在屋顶上飞翔 / 187
消失的河流 / 190
谁是走在你身旁的第三者 / 193

第一辑 一路缤纷

第一辑　一路缤纷

到灯塔去

去永兴岛。四面环海，心情有着一种隐秘的激荡。我不知道，坐在我面前的老冯，这位在岛上生活时间最长的渔民，是否有过相似的心情，这种激荡是否像海面上波浪的涌动，风起时，会发出呼啦啦的声响。

没事的时候，老冯喜欢坐在灯塔下看海，出海的时候，他眺望的坐标也是灯塔。岛上的两座灯塔像倒立的套着螺栓的大号螺杆，坐落在人字形的防波堤两侧。塔顶发出的光的颜色，似乎会随着时间、天光而变幻，有时是黄色、绿色，有时是红色、蓝色。深夜，从远处飞来的海鸟和船上的人都能看到光，茫茫大海中的光，会在心中生出温暖与兴奋，会让夜空变得明亮而辽阔。

1990年，老冯第一次上岛。这座由白色珊瑚、贝壳沙堆积在礁平台上而形成的珊瑚岛，四周高，中间低，岛上丛林深密，最多的是椰树。那时防波堤尚未修建，东边的高地上有一座简易灯塔，船随意地停在岸边。二十年前，用于保证有足够水深和平稳水面泊船的防波堤建好了，新灯塔发出光的瞬间，老冯觉得大海和岛屿也随之变亮了。

在岛上的日子，我会在傍晚去海边散步，或者环岛夜跑，然后坐在防波堤上看海。暮色渐渐笼罩时，还能看到白云烙在蓝天之上，团团絮絮，像漂移的海岛倒映在空中。直到天全黑了，远处海面浑然一片，灯塔的光映在深邃的海面上,是绿色的。风卷着海浪,拍打着海岸。对出海的人来说,灯塔是岛,也是家的方向。有一段时日,老冯也经常这样坐在灯塔下,想到流水般的时光。

老冯上岛时刚二十出头,他是听从母亲的安排来此安家的。母亲是鸟粪公司的职工,负责岛上的鸟粪收集,从20世纪60年代起就往返于岛与万宁的老家。那个年代,家里孩子多,经济条件差,母亲冲着的是上岛工作补贴多,后来看到有移民优惠政策,就把儿子的户籍也迁过来了。老冯指着房前屋后的那些枇杷树、羊角树、马凤桐、美人蕉,说过去有很多鸟飞来飞去,尤其喜欢落在东边的丛林里。收集鸟粪是为了生产有机磷肥,运到广东那边抢手得很。

老冯初到岛上时,住的是临时搭建的石棉瓦板屋,喝的是屋顶上接的雨水。为了蓄饮用水,他建了个小水池,但没过多久里面就有各种跳虫。补给船一个多月才跑一趟,蔬菜、水果很快就吃完了,一切都很艰难。想起这段物资匮乏的岁月,老冯倒是很达观——海里、岸上,那个年代哪有不难的,捱一捱,就过去了。在许多人心中,最难的是岛上的孤独,面对大海时的孤独——此时,老冯会选择到灯塔去,被光所辉映,心中的孤独便随风而散,随波流逝。

2005年,老冯拿出积攒的两万多元买了一艘玻璃钢渔船,七米多长。有了船,他可以去很远的地方。他说去过周边的一些小岛,有名的、无名的,有的是落潮时在,涨潮时去却发现一片汪洋,岛被水淹没了。他说登上过一个"筐仔",就是小环礁。这个三角形的礁盘像个羚羊角,东南有沙洲发育,平常高出水面两米左右,沙洲呈新月形,弯口向西南,每年爬上礁盘的海龟不少。这些意外的发现,是大海带来的。大海孕育的生命有着万千变幻,让他真正懂得了"珍惜"二字。有一次出海,时间晚了,碰上天气突变,同行的几条船像一片片落叶,被风和海浪推搡着摇摆,若不是灯塔在雨幕中发出的光的指引,后果不敢想象。有过那次经历后,他与海的感情似乎更深厚了。人生潮起潮落,命途颠簸,也会有着各种遗憾与无奈,但灯塔不灭,黑夜总有被照亮的时刻。

好像是一粒种子,老冯在岛上扎根了,然后开花、结果,此后再也没动过离开的念头。他说,想想连他自己都难以相信,上岛三十多年了——母亲退休后回老家了,弟妹们都不愿来,他则把家搬来了,但老婆孩子还是两边跑,只有他真正习惯了岛上的生活。他笑着说,眼睛眨一眨,就过了半生。

老冯给我讲以前出海的故事。年轻的时候,条件简陋,遇上风雨,命就悬在船舷边。过去为了争渔业资源,没少经历争执和危险,生存的一切都得靠自己。生活的智慧也是在艰难中迸发、积累的。他根据涨潮时间,提前把一些残破的瓦罐扔到浅海,里面放些饵料,待到退潮,就去捡海获。瓦罐里会趴满肥肥的海鳝,还有永远也捡不完的螺、蚌、蛤。面对大海,只要想办法,就不会空手而归。在老冯眼里,岛上的渔人天性达观,出海但凡有点收获,便觉得上天厚待,心满意足。

大海懂得岛上居民的柴米油盐、喜怒哀乐。在岛上,老冯经常是一个人面对着大海和天空。他喜欢岛上的动物、植物,喜欢在海边跑步,有时跑完累得倒在沙滩上,数着天上的星星睡着了。他常常走在防波堤上,堤坡看上去很长,起伏的大海延伸到天尽头。岛上的主干道上,有一块颇有创意的指路牌,标示着去往各地的距离:黄岩岛608公里,太平岛748公里,塞班岛3562公里……

十多年前,原来的渔村更名,成立社区,38户159人,老冯当过两届社区书记。他这个"家长"肩上的担子很重。有渔民出海未按时返岛,他就去灯塔下等,守着灯塔的光,等着渔民归来。遇到最多的风险是在台风过境时,这时要替出海的渔民担惊受怕,要为所有人的生命财产安全牵肠挂肚。有一次逢强台风,暴雨肆虐,岛上四处积水,房屋受损。他发布了预警,还放不下心,守着广播室,声嘶力竭地喊着"安全第一,赶紧转移"。风雨一停,他又逐一联系,确认每个人是否安全。

沿环岛主路直行,能看到两排掩映在林中的水泥砖屋。每一栋的外观并无太大差异,房屋前后都栽种了树,楼上是居所,楼下的功能就看主人的想法了。这是政府投建的安置房,在岛上落户的渔民,可以享受零租金的居住权。老冯退休后在二楼的阳台上养了10多箱蜜蜂,酿出来的是"百花蜜"。蜂蜜总是很快售罄,都是老主顾,很多岛外人喜欢,每年都要和他预订。而今,生活变了,在他内心深处,岛上的日子总是阳光和煦,海风吹来,细嗅,到处都是甜蜜的气息。

海边礁石上的那些凹凸,是时间改变的,也是海水改变的。海浪长久的冲刷与侵蚀,在岩石底部形成海蚀凹槽,有时岩石的重力过大,断裂后会变成海蚀崖。有时,海水又像个工兵,挖出一个个海蚀洞。世上最坚硬的是什么?老冯说他觉得是海水——虽然碎成一颗颗水珠,但当它们聚在一起时,又会变成世上最坚硬的东西。

千百年前,岛就在这里了,但因为有了人,有了人间烟火,岛才有了生命的气息。他回想这些年岛上生活的颠沛与艰苦,闭上眼睛,脑海中是一幅又一幅画面:风雨中大海的纷乱暴虐,阳光下大海的热情灿烂,远行时的紧张期待,归来时的欢欣鼓舞……大海带来了生命的体验,让他眼前变得更加辽阔高远。无论是水平如镜还是暴风骤雨,望向灯塔,到灯塔去,都能让人的心绪愈发安静,拥有力量。

永兴岛上灯塔发出的光,是地标、指引,是召唤、吸引。又或许,岛也是灯塔,岛上的每一个人,都是大海上的一座灯塔。像老冯一样扎根的岛民都在用自己的生活智慧,照亮大海与岛屿,照亮与他们相逢的每一位登岛者。

天　水

水，走到这片土地上就不在了吗？飞机降落，舷窗外灰茫茫的。鲁西平原上的冬天，干燥，枯黄，衰颓，看不到绿色，也看不到水的波光。植物的萧落，季节的更迭，生命的轮回，让人生发别样的情思。车行高速，突然看到一道绸带般的水流从眼前穿越，司机说是黄河——只是河流那么细窄，裸露的河床特别宽绰，怎能负载黄河这天上之水的盛名？

无论我瞻望何处，再没看到水的踪迹。

我并不是为了寻水而来到东阿的。我从小在南方的水边长大，一直与水为伴，水汽、水声、水浪、水的呼吸，经年四季缠绕着我。我常常在想，水是最接近生活的事物。水流过的地方，有世界上最早诞生的道路。大地上的水域图，像脉络丰富的叶片，有干流，有支流，从粗到细，从主到末，水流进时间的过去与未来，也流进人的身体与血液。我们走到哪里，向任何一个方向走去，终将与水相遇。

然而，就在看不到水的夜晚，我听到了水声：汩汩而动，像健壮有力的脉搏起伏；涌涌而行，像田垄上的猎猎大风。我以为窗外有井、有泉、有河、有湖，但推开窗，冷凝澄明的夜色中，还是归于冷凝澄明。这里是一眼望不到尽头的缓平坡地，因黄河泛滥漫流沉积而成，盐渍化得厉害。水声若隐若现，浮在耳际，我努力去捕获，依然杳无痕迹。水在黑暗中躲藏，与喧哗的水声沉浮起舞，又在某处现身，拍击有边缘的物体，像是来自远方的梦语。

次日，当地朋友向我揭晓了夜晚的秘密。东阿的水大有来头，在地下潜行数千里而至，炼就了阿胶的魂。阿胶的名声早已遮蔽了水，《神农本草经》记录了她，南朝梁陶弘景的《本草经集注》、唐代孙思邈的《千金翼方》、明代李时珍的《本草纲目》也谈论过她。但是，水必然比她更早存在。没有水，就没有她。所有的历史都起源于水，她的历史也不例外。水滴成溪流，合成大河，汇聚江湖，投奔海洋，人类的文明诞生于水。水记录也保存了人类希望了解的一切秘密。

我翻开历史的地图，找寻东阿水的痕迹。水，源于太行山、泰山两大名山，水源地植被繁茂，积水潜流千里，继而交汇，水从很远的地方就把自己藏起来了。刹那间，我仿佛洞悉了夜晚水声的秘密。几乎在山的每道缝隙里，水就以孤独者的优雅丈量世界的宽广。那蜿蜒而至、跌宕而至、踽行而至的水，走了那么遥远的距离，忍受众声喧哗中的孤独，只为在东阿写下"济水"两个字——刚柔相济、宽猛相济、相响相济、缓急相济、水火相济。清代大医学家陈修园说："其水较其旁诸水，重十之一二不等。"原来这水是有重量的，不是轻浮无力、刁声浪气，不是飞扬跋扈、放诞任气。重量让这里的水与他处的水有了差别，有了界限。还是陈修园说得好，人之血脉，宜伏而不宜见，宜沉而不宜浮，济水"清而重，性趋下"，正与血脉相宜。再往前追溯，沈括早就在《梦溪笔谈》中写下这"重水"煮出之阿胶的效用："人服之下膈、疏痰、止吐，故以治瘀浊及逆上之疾。"济水在地下纵横交错，勾刻出东阿大地的掌纹，映现了时间，也映照着生命。

言说在地下聚流而成的济水是困难的，有来路，又让人看不到来路；有去处，又让人找不着去处。朋友带我去古城封存的东阿井，说在这里可以看到济水的模样。北魏郦道元《水经注》记载：东阿"有井大如轮,深六七丈,岁常煮胶以贡天府"。眼前这井是不是郦道元说的那口井已经不重要了。井口盖着石板,冬至之时才会开启。听音如晤面,隔着井盖,我又听到了夜晚的声音,是井水汩动,是水的自言自语。在这里,济水是世界上最敏感、最活跃的神经元。

朋友说,冬至井盖打开,取水炼胶为上品。冬至阳生,天地阳气复兴渐强,代表一个循环的开始。于是冬至取水成了东阿的习俗,也是庄严的仪式。东阿保存的不仅是仪式,更是传统、道德、尊严和健康长寿的堂奥。

冬至取水,在我的故乡是另一副面貌。这一天,白昼变得如此短暂。太阳挂在傍镇而过的藕池河上,琴弦般的光线穿过薄如轻纱的冬雾。沿着河堤一路嬉戏、脸蛋被风揪打成紫红色的孩子们,冲着空旷的河床呜啦呜啦地吼叫,野树林里几只鸟儿惊飞起来,半青半枯的草蜷缩在堤边,粗糙的草叶上落满了蒺藜条鞭打的痕迹和孩子淘气的脚印。再一抬眼,日头颜色变淡,像一张粉妆未卸尽的脸,等待被河水淹噬。远远地,又传来几声归林鸟的呜咽。

杀年猪是故乡冬至的固定节目,一大清早,小镇还置身黎明前的黑暗,猪圈里的叫声比鸡鸣还早,养猪的人家很快就会把厨房烧得热气腾腾,灶里的火红通通的,锅里的水翻滚沸响,然后此起彼伏就会听到猪的号叫。杀年猪的水必然是早起取来的冬至水。冬至前,孩子们被三令五申严禁向有水的地方乱抛掷杂物,大人到了这天零点之后,就陆续从河里、井里、沟渠里取回水,倒进抹洗干净的水缸、水桶里。外公还有更精彩的办法,他在后院天井摆了一口大缸,把整个冬天的雨水雾露蓄积其中,到了冬至再取用。水从不挑选人家,不管是哪里的水,进了家门就有了暖意,有了活力,有了洁净平安的象征。新年临近,杀年猪,打糍粑,取冬水,富者穷人都循旧例,到处都是欢喜心。水在这一天变得尤其神秘而欢愉,水色漾动,一年的光影仿佛在水波之间得以折叠映现。

　　这一天出门前，外婆总会告诉我，晚上煮饺子。吃饺子是件开心的事，孩子的快乐总是与好吃的串联在一起。外婆还说，冬至过了，白昼又会慢慢拉长。是谁把它拉长的呢？外婆没有答出这个问题，而我是在河水漫游的绵长身影里，从水的静谧与涌动间，隐约听到了与时间有关的回答。

　　属于冬至的儿时记忆，在冬夜里氤氲着温情暖意。昼最短，夜最长，结伴玩耍，香喷喷的饺子，清浅的河水，倦怠的冬候鸟……来来去去，弥漫着我的记忆，那是些明亮的记忆。那时总觉得时间是无限多的，离开了，还会到来。然而，水的流逝是时间的赋形，一去不返，而人生又何尝不是如此，总想找回消失的东西，却不知道，时间弹拨出的或壮怀或幽哀的共鸣，才是恒久常新的生命寓言。

　　回到此刻，济水的褶皱与阿胶的芬芳，何尝不是记录着时间和生命的秘密呢。在东阿的短暂光阴里，我倾耳聆听济水的合唱。济水在地下，也在天上。三成的泰山水，两成的太行水，五成的黄河水，长年不断，汇聚沉淀，地底潜流，挟卷那些富余的微量元素、矿物质元素，继而在东阿之地开始燃烧。燃烧的水，成就了养生滋补的国宝。燃烧的水，入了身体，就有了生命的延续，有了对美好生活的向往。这向往，是淡泊，是健康，是人之禀性，也是水的向往。

第一辑　一路缤纷

水流指南

水流到这里，有了回旋，似乎也找到了归宿，不肯再离去。

不同名字的水在这里相逢，有着相逢何必曾相识的气度。水从何而来，又流往何处？上游是淮河、沂水、沭水、泗水，南面临望洪泽湖，北边连接骆马湖，大运河、古黄河也穿境而过。水在迂回停留间，与大地上的事物对话。若是看卫星云图，宿迁是一片被蓝色血脉缠绕并照耀的土地。

20世纪50年代，一位古生物学家在宿迁下草湾采集到一段猿人股骨化石，断定这是距今4万—5万年的晚期智人，因此命名为"下草湾新人"。下草湾过去是一片水源丰富、草木茂盛的河坡，飞禽走兽出没于此，人类的狩猎活动在此开端，这里也因而成为江苏省发现的最早的古人类遗址。水流对大地上的所有事物一视同仁，它随性也温顺地沿着堤岸，穿越新的城镇和旧的田野。水流经之处，烟火生活开始了，有了逐水而居的人，村庄、房舍、河堤、丛林与庄稼，在流年里缓慢地聚集成另一道水流。

到一个陌生之地，我对老城区常抱有好奇之心。问询几位当地朋友，才弄明白那个叫宿城的所在。自春秋起，宿城是县郡治所之地，这里也曾建起四座古城，时过境迁，书面记载空余想象，城池早已被现代建筑混淆了历史模样。距离大运河南岸仅一公里的宿城消失了，现在只是古城居委会所在地。我找到一张当年城郭的手绘地图，城外流水环护，城内功能齐全。古代的水利工程远难抵御蛮横的黄泛洪水，水利与水患从来都是相互嵌合的。被水润泽过的大地，又在洪灾和战乱年代经历了城圮坍塌，百姓流离失所，深陷灾难。元人陈孚有诗《古宿迁》为证："淮水东流古宿迁，荒郊千里绝人烟。"我们不难读出战乱、水患带来的凄凉和萧瑟。

治水一度成为宿迁历史上的重要课题。去城西北20公里处的皂河古镇"访古"，入一典型的北方宫式建筑。四面红墙，三院九进封闭式合院，古旧之气漫溢。大院又名"敕建安澜龙王庙"，乾隆皇帝六次南巡，五次驻跸此地，于是有了"乾隆行宫"的别称。院里寂静无声，植有柏、柿、桐、椿、槐、杨，经人提醒，才知别有深意，既是"百市同春"，又指"百世怀杨"，象征着江山世世代代兴旺不衰。树木无言，古建筑映衬着浅蓝色的天空，院落在寂静中显得尤为开阔、壮观。同行者慧眼，站在檐角下拍摄若隐若现的如眉弯月，白月牙在蓝色天空的背景里，浓淡相见，仿若近在咫尺。顺着拍摄的角度，就看到了屋脊檐角挑起处一字排开的六兽：天马、天禄、凤凰、獬牙、仙人骑鸡、押鱼。这在别处极少见。顶礼膜拜的六种神兽，依次站立，象征着护脊消灾、逢凶化吉，也有剪邪除恶、主持公道之意。正脊上的龙吻叫"吞兽"，立于两坡瓦垅交会处。有了六兽的建筑立马有了雄伟、庄严感，而它们在建筑学上的作用，除了装饰、包含寓意之外，也有着严密封固、防止雨水渗漏的功能。奔着治理水患而来的乾隆皇帝宿顿于此，为水头痛伤神，不得不建亭立碑，祈福海晏河清，留在五爪巨龙碑石上的御笔诗文就是例证。

我小时候很迷那位"力拔山兮气盖世"的楚霸英雄项羽，他心揣"彼可取而代之"的梦想，叱咤沙场，神勇千古无二。走进敞阔的项王故里，当导游告知项羽就是从隔河相望的下相县城出发的时，我突然有种莫名的激动。一个传诵至今的英雄,把他的失败写在了水流旁。水奔流不息,坚定不移,这是一种巨大的抚慰人心的力量。十几年前,当地在筹划建造商贸城之前进行过一次考古勘探,当时的普探面积达 5 万平方米,密探面积也有 3000 平方米。试掘出土了很多板瓦、筒瓦残片,瓦片的正面纹饰有粗细绳纹、棱纹等。专家推测这个文化层堆积较厚的古代城址,即是秦汉时期的下相县治所在。有了这个推断,恢宏的城墙、城壕、角楼,浮现在人们的脑海中,但地下水位过高,开掘工作难以进行,城址依然沉睡于地下。水,淹没了一座城址,也拯救了一座城址。

依水而生之地,水会穿越时间,也会流过空间。时间匆促,没法前往洪泽湖。朋友告诉说,洪泽湖周边考古曾经发现顺山集遗址,那里有一道长一千余米的环壕。环壕周侧有房址、墓地,挖掘出了陶器、石器、骨器等各类遗物千余件,除了常见的陶釜、陶灶、陶罐、陶纺锤外,也发现了有艺术水准的泥塑人面和兽面,猪首状的陶支脚等。水边上的这道环壕,成了淮河下游流域发现的时代最早、规模最大的聚落遗址,将江苏文明史往前推了 1600 年。这是水所留下的一个地域的文明之根。水带走时间,也挽留了时间。

历史的风与自然的风,吹拂着这片有水之地。傍晚时经过骆马湖,远望去有浩渺之感,金光铺水,粼粼碧波,微澜起伏,水鸟蹁跹,这种自然之美,是让人记住宿迁的理由。湖是深蓝色的,夜晚降临前的色彩。白昼的光从天空俯身撤退,幽蓝如潮水般涌过来,湖辽阔而明亮,清澈而透明。我望向骆马湖的那一刻,风从身后吹来,近处的水面是静的,远处却起了涟漪。我想象自己是一片落叶,随风飘到涟漪处,感受着水的波纹一圈一圈地外扩,如同在时间的长河里起伏。

好水出好酒,好酒都是有来历的。因为洋河,宿迁有了"中国酒都"之称,或者说,因为宿迁的水,产自洋河的酒就有了长久的言说。

洋河是一条河流的名字，过去这里地势低洼，到了汛期，白浪翻飞，望之如洋，又得名"白洋河"。因水而生的洋河镇，在大运河兴盛的时代，酿酒业就得到极大的发展。南来北往，停船靠岸，探亲会友，提壶买酒，推杯换盏，一壶壶酒醉倒满城人。那些有名无名的酿酒作坊留下的酒故事，为后世众口相传。宿迁人多有恋水情结，爱酒就是这种情结的一个侧影。

水流曾经深深吸引我，那个神秘的原因我无从清晰叙说。我探访过一些河流的源头，从地图上观察那些蜿蜒、细长、变化着的河道，河流总会流向某个终点。当我们通过水去观照生活中的事物时，我们对世界会有全然不同的理解和体验。我跟着水的脚步来到宿迁，水离开时也带着我离开。听到有人说起宿迁这座城市的精神——"生态为归宿，创业求变迁"。我们所探访的宿迁历史，由水流汇编而成，也将分发给水流，带去更远的地方。去宿迁的指南是水，从一道水流通向另一道更大的水流。蓝色的夜空下，水流交集的宿迁有一种巨大的力量固守着寂静，那些来者、去者的足音、呼吸和言说，在水流旁被吸纳，那些故事也被传诵。

流水函关

是黄河这条道路引领着我抵达这里的。

东西南北中,行走中原大地,万物都沿着黄河这条曾经的历史中轴线而生长。从这里,黄河进入中游峡谷的下一段,北为晋北,南为豫西。黄河也因山就势,硬生生将南北走向的水流折弯成东西走向,完成凌空俯瞰时"几"字的弯钩书写。这是潇洒的一笔,这条大河流到这里,有了节奏、矜持,也有了坠落、跨越。

我该怎样描述"这里"?此刻,它是离三门峡市区36公里的灵宝市,是灵宝市区往北15公里的王垛村。往前追溯,是夸父逐日道渴而死弃杖化为邓林之地,是"紫气东来""鸡鸣狗盗"的起源地,是战国秦孝公从魏国手中夺取的崤函……关于"这里"的定义,还可以说出数十、上百种。

人们称"这里"为函谷关,它的名字就是它的身世。东去洛阳、西达西安的故道,所要穿越的崤山至潼关段,几乎都是在山涧峡谷之间,人行此中,如入隧道般不知深险,古称函谷,有险隘之意。如此贴切的命名再没改变过。有传说是西周武王伐纣至于牧野,大胜而归,置关于此,又专设司险管理关塞,也有一说是秦孝公胜战后选择了最险要的这一段来重兵把守。冷兵器时代,金戈铁马的战场是兵家必争、胜负定夺之地,是国君与枭雄一争高下、开创与终结一关定论的象征之地。这才有了"天开函谷壮关中，万古惊尘向此空""双峰高耸大河旁，自古函谷一战场"的浪漫诗性与现实抒怀。

如同黄河在我抵临之前就已经流淌多年，这座耸立眼前的关楼栉风沐雨，变了颜色，成了时间里的事物。我当然是这样以为的，但人们告诉我这只是20世纪90年代在原址上新建的。现代旅游，将它打扮得阔绰而夺目。所剩无几的原址，风雨历经的原址，只留在了黑白图片中。寻古访古却不可得古的人，会滋生怎样的失落？然而我释然了，风云际会，屡毁屡建，屡建屡毁，是它必然的命运。在这里，即使剩余一片空旷，留下的只有片瓦独木的想象，那也是荡气回肠的。

我从广场上穿过，脚步急切，仿佛要超越消失的时间去抢先一步。北邻的黄河，奔流不停，没有人能走到水的前面，又怎能超越时间呢。绕过园区高耸的塑像、飞檐翘角的楼阁、保持年代原貌的屋舍、重点保护的纪念物，我小心翼翼地踩在被熙攘人流踩过的步行道上。移步易景，道道帷幕拉开，却还不是我想要见到的古关遗址。园区里栽种了很多树，玉兰、木槿、国槐、小叶女贞，我欢喜地辨认着它们，却忘记询问哪一棵最古老。又有些恍惚，仿佛所有的树都是过去的人，每一次枝动叶摇，都是微笑或沉思。也许，从前这里没有树，而是喧嚣市井、袅袅炊烟、南来北往的口音、疲倦却压抑不住兴奋的面孔。

古代的故事，多是发生在河流、古道，或是边界的关楼。函谷关南接秦岭，北倚黄河，东西或绝涧或高塬，它的迷人之处，也是它的揪心之处，就在于那么多人想通过它、占守它。它是阻滞、关闭，也是畅通、开放。

在这里，有一件事是不能回避的，那便是历史的追溯。无论藏在哪个角落，历史的风扑面而来，情绪的力量在历史的托举下，让去往函谷关的路变得跌宕起伏。始于20世纪90年代的修建，关楼只是历史的化身，过往痕迹被抹去——直到被一尊黑色石碑身后的函关古道所打开。在古代，那只是一条在沟谷中蜿蜒的土路。有记载说这条曾经崎岖狭窄、蜿蜒相通的路全长15华里，沟壁有50米高，坡度有40度至80度，有的地方仅2米宽，仅能容一辆牛车通过。车不方轨，马不并辔，人行其中，如入函中。这并非夸张的描述，可以想象它在军事战略上的利害。从遥远的春秋战国就开始了碰撞，直至秦国一统，函谷关扮演着决定胜负的关键角色。西汉贾谊在名篇《过秦论》中议论："于是六国之士……尝以十倍之地，百万之众，叩关而攻秦。秦人开关延敌，九国之师，逡巡而不敢进。"好一个"逡巡而不敢进"！

然而到了公元前209年陈胜义军过关交战，刘邦绕关灭秦，项羽使黥布破关，怒而焚关，函谷关又为秦的灭亡画上了一个终结的句号。自此往后，进退之间，是"逐鹿中原"，也是"入主关中"，这八个字里藏着千钧重量和血腥杀戮。再去拨开时间的密叶，沿经安史之乱中的桃林大战，闯王李自成激战斩明兵部尚书孙传庭，1927年冯玉祥北伐驻防，直至1944年5月中国军队阻挡侵华日军西犯的函关大战，都绕不过此地。太多与函谷关勾连的历史细节需要述说，铁打的雄关流水的战事，得失均因这里而起。这里，并不只是一座青砖砌起的城楼，还是一条真正通往时间深处的道路。也许它从来都是道路，如同它倚临的黄河，连接的不只是一个个地点，还有可追溯的来处、可前行的去往，它是立体变幻的时空，也是后人想象的原点。

这条看不见的道路，更远的地方，是远方，也是远去。

函谷关留有秦、汉、魏三处，汉关在洛阳新安县，魏关因三峡拦洪大坝修建而被淹没，秦关的历史当然是最长的。通往秦关的路不断被覆盖，也不断被呈现。走到这里，仿佛已经走了很多年，应该徒步，不只是看看路途的风景或肤浅地探察，更是要从历史的踪迹中学会思索。鲁迅在1924年的暑假来过这里，国立西北大学和陕西教育厅邀请他到西安讲课,归途中他来到了灵宝县。他在日记中写下:"九日晴,午抵函谷关略泊,与伏园登眺,归途在水滩拾石子二枚做纪念。"那是一次短暂的停留,"略泊"里,他会想到些什么呢?他历来以为思考是大于世俗生活的。是欣喜、怜叹?是流连、彷徨?古关是帝王将相的觊觎之物,是征服的对象,是荣辱成败的要塞,也是平头百姓心目中的富庶安逸之门。鲁迅离去后,那二枚黄河石还会在日常生活中唤起他对函谷关的回忆吗?

从古道上走过太多的出关者,有一人不能不提。公元前491年农历七月的一天,函谷关令尹喜清晨起床,看到了东方的紫气,知有异人来。他等来了80高龄的老者——东周守藏史老子。这位又名李耳的老人骑着青牛,被他的崇拜者热情地挽留下来著书立说,从而有了五千言的《道德经》。也许连函谷关也没想到,在经历那万千厮杀争夺之后,被封堵在深井里的血液依旧如岩浆般汩汩流动,为它加持的正是这位眉宽耳阔、目如深渊的老人。一块精致的黄河石被供奉在纪念祠屋的一侧,万千来客的手掌在石头上抚摸而留下了一层光泽。已无人探究石头的年代和书桌的真假,只为老子完成著述出关后的"莫知其所终"而好奇与叹惋。

叹惋那散落在时光里的,与一个人、一座关、一条河有关的秘密。谁能说,任何普通渺小的生命,不会因这片黄河流经的土地而变得不凡?

黄河在北,隆起的土塬隔阻了函谷关的视线,静寂中水声传来。古关与长河,都把各自印烙在对方的骨骼之上。这条大河,微微发出的声响,都是振聋发聩的轰鸣。在抵达函谷关的短暂时光里,我能亲密地感应到从四面八方汇集而至的那些水声。流水声里,有风貌之变,也有愿景之欢,桩桩美好落色为图——筑坝建库后的水波清粼,生态改良后的天鹅栖息,挣脱贫困后的喜乐安宁……中原大地上的万千气象、幕幕大戏皆可沿着这条大河被我们遇见。

　　河流之上的备忘与注脚,被时光拍打的浪花卷起。众生命运千差万别,然而与之有关的黄河故事到处流传。

街　　声

化龙池是长沙城里一条古街的名字。

既是古街，必然有着来历。去一个有来历的地方，有人喜欢查百度。百度那里会和盘托出其典故传说、轶闻旧事、前世今生。而我却喜欢遇见。一条街巷，遇见的人与物、声与音，都是它的形象、语言和记忆。

第一次到化龙池是初夏午后，一场不期而至的雨，把青麻石路打得湿漉漉的。长沙城里街巷阡陌，但保存这般路面的历史老街仅剩4条。如果不是雨水有声，300米长的寂寂街巷，实在不像传说中喧嚣的"长沙秦淮河"，也没有"酒吧一条街"的欢悦热烈。

踅入民居的一楼人家避雨。坐在沙发上的老嫫馳望着陌生来客，脸上的每一条皱纹都是笑盈盈的。这位姓袁的老长沙嫫馳，今年98岁高龄，在化龙池住了40多年。

袁嫫馳住的民居，是一栋建于20世纪70年代的5层红砖楼房。房子坐西朝东，砖木结构，空斗清水墙体，两面坡悬山屋顶。她的大儿子、大媳妇住在3楼，老嫫馳指给我看，木质窗格，是藏着年头的"喜"字透雕。一滴雨落在她的手背上，白薄如纸的皮肤，红润如水波荡漾般浮上来。再看她脸上始终带有的笑意，像是每一根皱纹都在开口讲述尘世往事。

袁娭毑是跟着丈夫从天心阁那一带搬到化龙池的,是这幢红砖房最早的居民。比她年长4岁的丈夫何武义,当过国民党长沙警备司令部的警备大队长,常暗中帮中共地下党提供便利通行,为长沙和平解放立了功。岁月中的碰撞与激荡,蛰伏成波澜不惊的起居日子。丈夫在20世纪80年代末离世后,大多数子女儿孙住进了高楼,她却再没搬动过,留守在这间十来平方米的房子里。老街坊也所剩无几,搬走的,离开人世的,有的房子租给了来建设这座城市的外地人。似水流年,她不紧不慢,把每一天过成漫长的一生。

屋檐之下,雨水沿着院井孔道流走。袁娭毑指着旧墙上的斑痕嘀咕:"以前下水道容易被雨水淤堵,遇上一夜暴雨,水漫上来1米多高,屋里家什悉数浸没漂浮。前两年政府搞有机更新,下水管道扩容,再也没发生过漫水事件,办了一件大实事。"

我问袁娭毑:"住了这么多年,变化大不大?"

袁娭毑说:"没变。"转而改口道:"变了,变了!"

是什么变了?又是什么没变?

我想,答案在这一间间主人命运各异的屋宅里,也在300米的街巷之中。

从袁娭毑家出来,左行几步,有古长沙善化县学宫残存的一堵青砖照墙。明嘉靖四年(1525年)改迁至此的善化学宫,在清光绪的《善化县志》中有它宏大规模的建制图。善化县治自北宋到1912年,附城南郭,化龙池可看作其城市缩影。可惜在1938年的文夕大火中,独剩下这6米长、4米高的遗墙残迹。墙影斑驳,我只能靠想象的建构获取丰富的旧时信息。

袁娭毑搬过来的年代,百废待兴,街上只有屈指可数的几家售卖生活必需品的店铺,但很快就成了喧闹市井之地、同业聚集之街。在时间更早的刻度上,化龙池的商业兴旺是个传奇。清光绪年间逃荒乞讨至此的善化县人张大生手艺精湛,度过饥荒之后,挂起了第一家木屐油鞋店的招牌,凭着买卖家道渐渐殷实。那时的木屐颇为科学,上山去前齿,下山去后齿,雨中如渡船。有街坊邻居想学艺,张大生感念化龙池人的善心,免费收徒授艺,出师还送上一套制屐工具。这些街坊徒弟后来索性沿着街面开店,于是前店后坊,叮叮当当,化龙池被经营成了著名的木屐油鞋一条街。

青麻石路面细密的坑洼,怕是缘于那些木屐。这条 4 米多宽的街巷两边,店铺摆挂着不同规格形制的木屐、油鞋,南方烟雨朦胧的气韵沿街流动,木屐落地,"呲呲""嗒嗒"之声此起彼伏,轻重缓急,如同琴键起落自成一曲。木屐的历史自先秦始,汉晋时男方女圆,到南北朝时,无论晴雨,王公贵族都喜欢踏一双高齿木屐。袁娭毑说她也有一双木屐,已藏之楼阁,木屐上脚,仿佛天地为之一变,涉水而过,像踩着两条小船,屐石磕碰有声,从街头传到巷尾,最是好听。李白写过"脚著谢公屐,身登青云梯",说的就是脚蹬木屐登山的姿态。我想,袁娭毑年轻时雨中着木屐挪步,又是一种风韵、一道风景吧。只是,白驹过隙,木屐远走,归入博物馆所陈列的时间里的事物。

巷道无人,耳中却有幻听,身前背后仿佛有人正着木屐走过,声浪密密兜住街巷。雨声疏朗,恰好汇成主调中的和弦。行至古街中段,有一名为"共享亭"的小广场,整面诗词、楹联背景墙,都是"有清二百年以来书家第一人"何绍基的书法。

没有想到,化龙池竟是京城之外何绍基居住时间最久长之地。清咸丰十一年(1861 年),63 岁的他应邀回湘,次年始主讲"城南书院",直到 8 年后因病辞去讲席。雨水沿着墙上的撇捺弯钩,如墨汁垂落。我猛一回头,仿佛看见一长袍老者,踩着木屐擦身而去,留下从容淡定的背影。"破半日功夫清书检画,同两三知己道古论文""童仆来城市,瓶中得酒还",从墙上诗词中我读到何氏情趣,读到故居

"磻石山房"闲适纵情的豪饮时光。夜寂时分，孤灯瘦影，落笔有声，是墨吃纸的声气，也是力透纸背的响彻。这位"落落乎犹众星之列河汉，足以凌轹百代"的书法家，用8年时光，为化龙池延展了更深远的记忆。

离广场不远，那口化龙井被石栏围着，是新修葺的。井中无水，灌满风声，却日复一日地向世人解读着化龙池的来历。勇毅的铁匠徒弟，将滚烫的铁水倒入井中，烧化了欲兴风作浪危害人间的孽龙师傅，渲染的是正义和勇毅、牺牲和受难，也熔铸成化龙池的品格与底气。到了夜间，井前小坪会摆开几家烧烤小摊，主人都是街上老居民，几声吆喝，众声喧哗，与烟火气一起兜售的，是这个口口相传的故事。

几年前与化龙井、红砖民居、小广场一同完成改造的，是沿街"建新如旧"的40栋仿古商铺，同业聚集的主题没变，商铺摇身变为40家风格各异的酒吧，从此长沙聊清吧文化，再也绕不开这条古街。酒吧必然是声音的制造者。雨声、木屐的"咄咄"声、邻里间的嬉笑怒骂……化龙池原本有很多声音，此后又多了一种留存在这座城市记忆里的声音。

酒在杯中流动，声音在古街上逡巡，像血在身体各处循环。夜晚的化龙池拥有另一张面孔。年轻人从城市的各个角落来到这里，钻进街巷深处，灯火明暗起伏，给每一个从青麻石路上走过的人奏响释怀人生的旋律。与歌声一起飘飞的，是情绪，是想象张开手臂飞翔的身体，是对生活的轻抚与放下。变幻的声响，青春的身影，让这条古街有了活力，有了向往。子夜时分，歌声唱曲渐次温柔，仿若儿时枕边母亲哼唱的摇篮曲。

城市的街巷，就像手心繁密的掌纹。这条曾有过"玉带街""鳖背街"别称的古街，注定是与众不同的作为生命线的掌纹的那条。她延续着一座城市的历史，映放着绵长时光中的日常记忆。她不必喧哗，自有声响，自放光芒。300米的街巷，很快就能走过，但她创造并存留的众多声音，既是过往，也有未来，既刻画下一朝一夕里的安之若素，也讲述着时代迁变中星火燎原的豪情壮志。

化作水相逢

通往岛上的路只有一条,乘船水路。

岛在洞庭湖的什么位置,少年没有一点儿概念,距离的遥远让他内心摇荡着焦躁,像夜幕下眼睛看不见、耳朵却听得到的水声。从湘西大山出发,先是挤了10个小时的汽车,车上的乘客大包小包,都是村里出来砍芦苇的人。路上多数时间大家是沉默的,有过一段激烈的讨论是关于芦苇今年的价格判断。卖上好价,收入也会好一些,这是大家的渴盼。喧吵过后,汽车里一阵静寂,很多人闭目养神,一个女人喃喃自语,儿子等着她今年赚的这点钱去登未来媳妇的家门。另一个尖刻的声音"刺"过来——给你媳妇买全套银饰,你还得来砍10年,那时候媳妇是别人家娃的娘啦。女人瞪了"声音"一眼,扭头望向车窗外,那些景致与她无关。

不知过了多久,汽车"吱呀"一声停下,有人喊:"到了!各自换船,走吧!"

那些还在睡梦中颠簸的人纷纷醒来,啧啧地议论着外面的天色:"啥时间啦,比山里还黑得早!"然后伸懒腰,打哈欠,站身起立,搬弄东西。车厢顶灯坏了,嗞嗞闪了几下就彻底"歇菜"了。大家只好借着远处晃来的水光,和某个人打开手电筒的光,清理行李,先后下车。叽叽喳喳的说话声此起彼伏,车厢像一个大洞,慢慢被掏空。大家作鸟兽散，三三两两，几声招呼，瓮声瓮气或粗野豪放，很快都消失在空旷的夜色里。

黑蓝色覆盖的夜空下，少年感觉风像野孩子似的东奔西跑，冷不丁露出尖尖的牙齿，重重地咬他脸蛋一口，或大摇大摆地撞个满怀。他顾不得"咬撞"之痛，急急忙忙伸出双手却没能扶住这冒失的家伙。风又调皮地呼啸而去，留下火车鸣笛疾驶过后的"呜呜"响声，在耳畔飘来荡去。

父亲说，岛很大，四面环水，通往岛上的路是乘船。

船，那是一条多大的船，能迎风破浪吗？浪花飞溅到船头，打在甲板上，碎成一颗颗发亮的珠子，滚来滚去。少年如此一想就来劲了。他在山里生、山里长，对父亲描述的这片大水有着天生的好奇。他那点偷偷学会的狗刨式游泳技巧，能在这不着边际的湖水中横冲直撞吗？闭上眼睛，往水里一跳，仿佛他就成了游泳健将，细长的手臂在水面上划出一条条漂亮的弧线。

15岁的少年第一次出门远行，他捎起装着锅碗瓢盆的行李，磕磕碰碰，循着父亲的声音，继续往前走。脚下的泥土是软的，空气是湿的，冷风飕飕地灌进脖子，少年能触摸到那股与山里不同的气息，到处都飘着水的气息，在夜晚冻成一层薄纱，能哧啦哧啦撕裂。父亲来过好些次了，每年到芦苇收割的秋冬时节，父亲要跟村里人一道，在湖州驻扎3个月，芦苇割完了就回家过年。母亲也来过，不过这次父亲决定让母亲留在家照顾两块地的粮食、一头牛三只猪的吃食，还有正在读高中的姐姐。父亲割芦苇赚的钱，就是要供姐姐把书读完。对读书的事，少年从不上心，也无所谓，父亲几顿棍棒教育也不见起色。山里人读个书不容易，父亲摸准了他的心思，默认了儿子的失败。少年读到初中毕业就歇火了，准备跟几个亲戚家的长兄外出打工挣钱见识世界，父亲不允，"跟我去砍一茬芦苇再说吧"。要出远门，到一个陌生的地方，待几个月，少年很兴奋，即使他知道出来是要卖力气的，身体结实的他不怕，他清楚自己现在多的就是力气。

出门前，姐姐回来了一趟，听说弟弟要去洞庭湖砍芦苇了，翻来覆去看他的手掌，眼角倏然间就红了。少年明白姐姐的心思，父亲砍芦苇把手砍成了一块生铁，粗糙、锋利，打在他身上疼得很，而他双手还没磨砺过的细嫩皮肤，会发生怎样的变化呢？睡觉前，姐姐躺在床上念了一句他仿佛熟悉的话："蒹葭苍苍，白露为霜。"姐姐说，这是《诗经》里的，3000多年前流传下来，里面的蒹葭就是芦苇。另一张床上的少年心头一惊，父亲多次描述过的，那些茎秆高直挺拔、叶穗长袖飘舞般的芦苇，原来是从那么遥远的时间深处走出来的。在少年心中，芦苇从头到脚生长出侠客隐士的飘逸和硬朗。

湖面一片深邃，没有尽头，船摇摇晃晃，仿佛是行进在一条狭长黑暗的甬道，只有尾舱机器的轰隆声响，打破空气中的凝固滞顿。船尾驾驶舱挂着一盏汽油灯，光亮如豆，随时要被风吹熄灭的样子。周围的水声摇曳多姿，引人遐想。在他和水之间，一块巨大的幕布遮挡得严严实实。少年不听父亲的劝阻，站在舱口向夜幕里探望，其实他什么也看不清。

父亲说，要是白天运气好，可以看见江豚，黑溜发光的脊背拱出水面，追逐船只。船有时会经过一片光亮，巨型船舶像一座城堡，铁脚架矗立在船上，探照灯光如瀑布般垂落。

"那是挖沙船在作业，湖底的沙子能卖钱，运到城市里盖高楼大厦、铺桥梁马路。"父亲说。

"湖底会挖空吗？"少年想起山里的采石场，一个炮眼炸响，火迸石溅，地动山摇，满车满车灰白色的石料运走了，一年半载下来，大半座山挖没了。

"这湖底，恐怕早已经千疮百孔了。"父亲回答。

闪烁的光跟刺骨的风一起荡动,湖仿佛才真正在少年的眼前打开,脚下的波浪变换表情,起伏荡漾。少年心头一颤,"千疮百孔"的湖床会是一副什么模样?像吊挂在老松树上的大蜂窝。有轻微密集恐惧症的少年做此对比,立即起了一身鸡皮疙瘩。他又像潜游者看到宽阔水面下的情形,一个个巨洞的上方,急遽的力量卷起旋涡,无数涌动的气泡,碰撞,炸裂,再碰撞,再炸裂。

岛是荒岛。来往的人影比不过天空飞过的雁鸭多,但岛上的芦苇不能不砍。芦苇这种多年生禾本植物,生长在靠近水的潮湿地方,过去在湖区主要是当柴烧,或是编芦席,临时搭个草棚茅屋,涨水时护堤挡浪。等到人们发现它是造纸原料后,就一步登天,身价倍增。乌鸡变凤凰。种芦苇,收芦苇,砍芦苇,运芦苇,卖芦苇,芦苇也就不只是芦苇,可以变钱,变许多别的东西。

从车上到船上,在少年的眼前,芦苇的影子仿佛无处不在,睁开眼,闭上眼,密密麻麻、重重叠叠地压过来。他在离家不远的山谷里,看到过水流之处的石头缝隙间,也零星地长一些瘦高瘦高的芦苇,三五枝簇拥在一起,与苍莽大山间的深绿、浅绿、墨绿、碧绿遥相呼应。可洞庭湖的芦苇一眼望不到尽头,白茫茫的,在风中起起伏伏,那是多么壮观的场面。父亲平时有心无心的讲述,让少年更加向往。

动身前夜,父亲在家里边整理行李边跟少年说话。他说:"到了初冬时节,芦苇花絮随风飘扬,种子落地来年春发,算是靠天种靠天收。"

"天种天收?"

"嗯,都不用人打理的,自生自灭,就像山上的草。"父亲说,"后来有了造纸机器,芦苇的纤维含量高,就成了造纸的原料。于是有人承包苇场,雇了壮年劳力,像农民种田一样,开沟滤水、翻土施肥、化学除草治虫、人工护青保苗,湖州滩地上的芦苇也越来越多。"

那些日子,芦苇就跟着少年走走停停。他向小伙伴绘声绘色地说起芦苇荡，是比大山有着更多乐趣和奥秘的地方。

　　时间在寒风之夜过得很慢，寒意越来越浓，少年不由自主地裹紧身体。船尾马达声时而轰隆，时而歇停，催人昏睡。他伸出五指，想去捉住那股与山里不同的气息——飘飘荡荡的水的气息。这气息在夜晚被冻成一层薄纱，手指轻碰，哧啦哧啦撕裂，像落满一地的玻璃碎片。父亲的喊声，敲醒恍恍惚惚的少年。他抬头张望，到的是个什么模样的地方。汽油灯照亮一片模糊的陆地，少年跳下船，踩在一片松软的苇梗上，苇梗下是更松软的淤泥。伴随着脚步的挪动，发出吱嘎吱嘎的声音。

　　把"家"安在这个陌生的岛上，父亲要盖一间什么样的房子呢？少年困意全无，兴奋起来。他抬抬头，天地空旷邈远，没有灯，却有光汇聚过来，是水波的光，倒映在天幕，又晃照到湖州之上。风也变得柔软起来，少年的视线慢慢适应，能依稀辨认近处和稍远地方的事物。这个岛是他将居住的"新家"，真是奇妙。

　　父亲从行李袋中找出刃口发亮的弯刀，走到附近的芦苇丛中，转眼工夫割倒一片。在父亲的指导下，少年帮着用细麻绳把芦苇结实地打成一捆一捆。父亲说，这是"新家"的大梁，这是"新家"的柱子。打好"地基"，他又像变戏法似的从行李袋中翻出折叠整齐的旧尼龙帆布，摊开在地上，风贴着地面吹鼓起帆布，父亲顺势一抖，转眼之间帆布就"盖"成了一间芦苇棚屋。支棚、架床、开窗、开门，这种快捷简易的造房术，让少年对父亲钦佩不已。他听从父亲的吩咐，搬上几捆芦苇压住"墙角"，这样帆布不会随风刮掀。

　　父亲几乎一夜没睡，他在卧室里"搭"了两张芦苇床，又新盖了一个屋棚当"厨房"，然后把带来的家当一件件摆好，还用芦苇编了两把方凳、一张餐桌。这一切都是在少年睡着以后完成的。少年在梦中回到了老家，梦见自己站在一个小山尖上，看着父亲躬身在弯曲的梯田里劳作，身影越来越小，最后变成一个黑点消失在视野尽头。梦中的少年并不欢喜，风把忧伤吹进他的身体，不知不觉眼泪静静地流淌出来，顺着眼角、耳郭，积成耳沟凹处的一汪清池，水波微漾，泛起粼粼光浪。

贺江面孔

　　船舫在水上悠然前行，船舷右侧的水面宽大，有一个墨绿的影子跟着在走，像是天空飞鸟的投影。但抬头看时，一碧如洗，天空与水面，像是两面对视的镜子。

　　水流清澈，是我从未见过的青绿。青绿，吸收了些天空的蔚蓝，糅成另一种碧绿。从肇庆这个"开始迎来吉庆的地方"出发，就是沿着这条水流和沿途的绿色抵达的，抵达之地是肇庆下辖的一个叫封开的县城。众人话语间，都说名字有趣，像是那个"八朝古都"河南开封失散多年的孪生同胞。

　　途中，有人哼唱粤语民歌，我一句也没听懂。同行的朋友说，封开这个两广门户之地，是粤语发源地。我已然明白，这个叫封开的地方，有渊源，有来历，是岭南文化发祥地之一，也是海陆丝绸之路重要的对接点。公元前111年，汉武帝统一岭南，就是在这里设立广信县，意即"初开粤地，宜广布恩信"。多少年过去，这个早期的岭南地区首府，繁华已成往事，交通方式改变，政治中心迁移，这片土地隔山又隔水，沉寂又落寞，但反倒是这样保留在时光里的原生态显出了珍贵与异质，成了肇庆可待深挖的旅游宝藏。

　　出封开城，车行半小时，公路右前方在睫毛下突然开阔起来，这条叫贺江的水流，是珠江水系中干流西江的一脉。有水的地方，表情就会变得丰富起来。贺江两岸，峰峦藏卧，连绵拥翠，面孔里显然比别处多了些眼波流转、巧笑倩兮。因了地形的束缚，贺江少了"一条大河波浪宽"的勇往，而以湾多著称。路经封开境内长达115公里的贺江，沿线有28个半岛和南北两个江心岛。介绍者的语速，因半岛多而生出来的河湾、辗转，如水流般有了一种踟蹰。湾多，水就有了蜿蜒，也就多了灵动，如婀娜女子腰肢扭动，又如臂上水袖在舞台上画出弯道曲路。湾多，植被茂盛，贺江一下就有了一张清晰的面孔。

车到贺江第一个湾停下。扶栏瞻望，江湾水面宽百余米，回环150度，滟滟淼淼，从黛青色深处款款流来，又往东缓缓行去。第一个湾又名簕竹半岛，超4平方公里，岛上绿色铺陈，远处有老居民的旧宅子掩映在果林之中。我脑海中突然浮现一幕，寒来暑往，人们晴耕雨读，怡然自乐，犹如世外桃源。

有第一个，自然还有第二个以及更多。江口、竹洲、新田头、世和洲、百吉、足食、龙皇，我端详着指示牌上墨绿底色的地形图，这些可能很快会被我忘记名字的半岛相互咬合，如纤纤十指相扣，若是云中俯瞰，定然如发光的星宿在水陆间排兵布阵。这些半岛与水成趣也成景，让偏远的岭南有了旅游胜地的天生丽质。水运衰退后经济滞缓，在近些年的旅游开发中，当地老百姓品尝到了新的甜蜜果实。文旅局的朋友似乎怕我们不信，脱口一首民谚："要想富，有门路，封开廊道搞民宿；要想牛，不用愁，封开廊道游一游。"

看着水风景，不知不觉就到了贺江碧道画廊景区，穿行一片竹林，顿觉身心凉爽，林中有一电子牌标识着林中负离子每立方厘米接近4万。恨不得多吸几口，让肺腑清澈、透亮。竹林成团拥簇，空地被利用起来种竹荪。被誉为"真菌皇后"的竹荪破土而出后，体态优美，像身着白蕾丝裙的舞精灵。头一回见识这样的种养方式，得了风景的利，赚了种养的钱，村民在家门口就有了好收益，自然更衷心爱着脚下的土地。移步参观村民新建的民宿群，独栋联排，开窗即景，景中添花；导游津津乐道贺江的鱼鲜和百香果、兰花，味美物丰，增收富民；大洲镇龙皇岛码头公园，古朴与现代相映成画，网红打卡新地远近闻名……有了这些，看似偏隅之地的贺江不是桃源却胜过桃源。

水为路，路为廊，登船漫游，顺流而下，全长25公里的贺江碧道串起了风光恬静的岛、林、湾，途经之地，旧式建筑风貌的民居，像是一笔笔勾画着时光深处的风韵；提供现代旅游体验的古码头、讲述流金岁月的博物馆连接成一条水岸艺术长廊；"乡村骑士"们追逐水流的脚步，骑行打卡，也把这条河流带到更远的地方。

下船的码头在大洲镇博物馆，广场旁长有一棵桃心形状的大树，高10余米。树分两枝，一枝郁郁葱葱、枝繁叶茂，一枝已瘦寒清空、枝枯叶落。很少见到长在一棵树上的生和死，植物内部的生命循环让它成了一棵"异树"，竖立在水边，呼应着不远处的廊道、白墙圆弧的村落建筑和悄然兴起的田园综合体，也守护着一条河流的记忆。在这个被称为"中国民间文化艺术之乡"的大洲镇，"封开山歌""麒麟白马舞""五马巡城舞"等非遗项目，古往今来，都是贺江的水传颂着它们的精彩，也是贺江的水为民间艺术开疆拓土、扬名立万。

每一条河流，都有它的前世今生。走进博物馆，贺江娓娓道来它的过往，以及它收藏在时间里的秘密。这也曾是一条诞生财富的茶船古道——宋元时期，依托藏身于广西贺州与湘南永州山野间的潇贺古道，茶、炭、米的贸易兴起，到明清时热销的茶叶主要借贺江水路，转运、远销粤港澳乃至海外。封开的内陆通道，与海上丝绸之路经由贺江连接，中原、岭南与海外的经济、文化，都因贺江而开始了交往流通。大洲年轻的镇长谙熟老旧的历史："河流把隔壁广西的六堡茶送到了更远的地方。"镇长说，在晚清、民国很长的时间里，茶叶远售南洋，市场主体是马来西亚的锡矿场，那里华工人数众多，收入尚可的华工有饮茶习惯，这也是他们解决维生素匮乏、传染病泛滥的药方。博物馆的史料中也标记着"茶故事"——矿主把六堡茶浸泡在大水缸中，华工晨起工作就排队接茶，"左手提粥、右手提茶进矿山"。那些矿场老板招工时还要特别标注有茶供应的广告单，这样在急需人手时才能顺利找到矿工。站在博物馆的临江阳台，正看见两叶小舟渡水而行，像茶叶在水中浸开收拢的叶脉，如同年老者打开掌心，水面上的波澜就是岁月的掌纹，每一道掌纹发出淙淙不绝的水声流响。

贺江更多的时候是静水流深，像茶叶蜷缩身体，将往事沉在心底。那些闻讯而来的游客，多是恋着贺江的风景——山水林田、湖湾岛屿，色彩、状貌、变化，看在眼里又欢喜地带走。多少年来栖息水流旁的村庄，经年累月地守着这一隅自然风光，当人文、科技元素和现代生活融入并蓬勃绽放，千万绿色，万千嬗变，在这片振兴的土地上流光溢彩，谁又能真正带走它们？

美好的地方，总会被上天泼墨美丽的色彩。贺江，是肇庆的颜色代言，也是肇庆的颜值担当。离开肇庆，一张张面孔从眼前闪过，记住了端砚、七星岩、火烈鸟、丹顶鹤、鼎湖山、湖心亭，更记住了贺江的面孔。青山含黛、绿水绕村的贺江，梦想照进现实，梦想也接壤现实，从这里，人们回到过去，也去向未来。

时光幸存者

小 河

初秋，天微凉，在利川，走在去小河的乡间公路上。

进了山，遇见不平整，颠簸。途中认错路，车又折回岔路口，路面更加颠簸。幸好只是一段距离不长的小路，车上有人小声议论，跑两三个小时，我们就为了看一棵树？无人应答。僻远的鄂西之地，我们都是初来乍到。

到了才知道，不是一棵树，而是一片树林。小河也不是河，而是世界珍稀孑遗植物——水杉的故乡，这里拥有世界上最大的水杉母树群落。

母亲的"流血"之地。小河的水杉，也是世界的水杉。

我在湖区平原上长大，小时候，水杉随处可见，这种喜光的树在我们的方言中通常被唤作水杪。乡间原野、河洲滩地，房前屋后，并不稀罕。记忆中，它又高又瘦，春夏青绿，深秋棕红，到了寒冬叶落，枝枯骨瘦，给人格外萧瑟的孤独感。没想到有一天，在利川的青山绿水之间，它以如此古老珍稀的命名和集聚群立的姿态撞到我的眼前来。

小河的这片水杉林有上千株之多。枝繁叶茂，顶天立地，横成行，竖成队，斜成线，像迎接检阅的威武方阵。沿林中石路，走进树荫遮蔽却非常明亮的林中空地，呼吸春茶般的清新，有一种奇特的感觉，肺腑之间最后一缕城市污染空气的替换在这里完成。世界顿时澄静下来。通直向上的树干，铺伸空中的枝条，摇曳对生的细叶，天光穿过缝隙，它们像是点燃的一团团蓬松的绿火。天地之间，被绿色点缀、绞缠、覆盖。嫩绿，黛绿，葱绿，碧绿，豆绿，墨绿……那些我能想到的与绿有关的词，都能在这里找到它的所在。

和当地林业专家聊天，才发现过去认错了，水松、池杉，植物间的外貌相近，又有着天壤之别。它的珍贵在于，有着上亿年生存史的水杉，没有走出第四纪冰川的浩劫，在1940年以前被科学界归入了灭绝物种的队列，终结在一块化石中——几片交互对生叶，几根颀长的杉枝。造物之手，对利川手下留情了。杉科的六七个树种中，它成了唯一的幸存者。我站在林中，四处瞻顾，又像是什么也没望见。眼睛主动帮我屏蔽，屏蔽林间小路，屏蔽走动的人影，屏蔽树身上挂着的吊牌，屏蔽风声落叶人语。剩下的是亲密而陌生的时间，眨眼即逝又无比漫长的时间，帮我们打开世界又困扰自身，赛跑追赶而不停被甩下的时间。我似乎在林中看到了时间的秩序。

水杉长得瘦长，或独株，或群聚，它站立的姿势只有一个——笔直挺拔。这些幸存的水杉原生古树，聚集利川境内的山谷、河冲。它们的每一条年轮都是利川抛向天空的云彩。在以小河为中心的方圆600平方公里的地方，位于北纬30°的这条狭长区域带，5630棵有着百年以上历史的水杉古树，替时间守望着生命与万里江山。

又是这条神奇的纬线。有关它的传说太多，它既是地球山脉最高峰珠穆朗玛峰的所在，也是尼罗河、幼发拉底河、长江、密西西比河的入海纬线，还有一些至今百思难解的自然与文明之谜，金字塔、狮身人面像、撒哈拉沙漠中的火神火种壁画、死海，以及玛雅文明遗址、百慕大三角洲等，都盘桓着这条纬线诞生。它的神奇里，又多了利川水杉林——地球气候剧变里的幸存者。

时间是最大的不解之谜，也在制造着林林总总的谜。

1948年2月，美国加利福尼亚大学植物学家钱耐教授就站在了这条纬线上，站在这个叫小河的地方，与它们相遇了。他脸上布满着庄严的仪式感和谜一般的微笑。他每天一早扎进山间杉林，到晚上才回来。他抚摩过每一棵水杉的身体——粗糙皲裂的皮肤，新发的嫩绿枝叶——呼吸过杉林清新的空气。此前，他和世界各国的研究者一样认为，它们都在冰川浩劫中沉睡了，再也不会醒来。但他的眼前，被宣布绝迹的水杉，竟然还如此茂密地生长在这里。从一棵树探寻宇宙的奥秘，是植物学家心中的梦想。利川小河，似乎成了他离梦想最近的地方。

坐在夜晚的篝火前，他津津有味地向人们打听着它"死而复生"的经历。这样的表达还不够准确，是小河的水杉从未死去。从1941年冬天无意间被原国立中央大学森林系干铎教授发现开始，"怪树"的标本就进入研究者的视野。原中央林业实验所的王战、原国立中央大学森林系技术员吴中伦、松柏科专家郑万钧、北平静生生物调查所（今中国科学院动物研究所和植物所的前身）的胡先骕与其助手傅书遐等研究者，反复通过实地考察或标本比照，确认了水杉的"活着"。胡先骕、郑万钧两人于1948年5月联名发表了论文《水杉新科及生存之水杉新种》，公开声明活水杉的存在，世界植物学界为之轰动。

钱耐正是怀着激动莫名的心情远赴中国，踏上了利川之旅。地图上的一个小点，慢慢在他脚下打开。起伏山峦，坡陡路滑，甚至安全受阻，当他站到这片山林谷地的水杉面前，他惊呆了。像哥白尼凝视太阳落下，发现了世界在旋转，他仿佛亲眼见到"亿万年前地球森林的再现"，这些水杉"像它们几百万年前的祖先一样，仍然相聚生长，且一同沿太平洋西岸向南迁移"。结束考察后，他立即通过司徒雷登大使向国民政府的行政院院长胡适建议成立水杉保护机构,并把利川是水杉之乡、中国是水杉之国的消息带回西方。

一位当地作家朋友,传给我一张翻拍的照片,是钱耐当年拍的。被拍摄者是他借住的房子的主人吴大凯。一个高大微胖的光头乡绅,穿着藏青色棉袍,身边站着3个从高到矮的小女孩。因为时间久远,照片有些模糊,但孩子脸上的笑容像一道光,光彩熠熠。这道光的身后,是代表小河的3棵粗壮的水杉树。

那些在中国的日夜,钱耐像许多长途跋涉来到利川的研究者一样,看着平缓的山顶、纵深的沟谷,心潮澎湃。他翻看着地理图册,寻找它们的存活之因。他边看边会心一笑——如果不是秦岭大巴山的阻挡,不是佛宝山的屏障,不是这片恒温、湿润的谷地的封闭,谁又能把冰川挡在水杉的生死大门之外?陡峭险峻的地势保护了利川的水杉。

我所走进的小河水杉种子园,是1981年建立的,20年后这里又成立了更大保护规模的星斗山国家自然保护区。100多亩的园子里,以扦插嫁接的无性繁殖方式,向50多个国家输送了珍稀水杉树种。更早之前,胡先骕就把水杉种子和标本寄到世界各地的植物学家手中。毋庸置疑,利川是世界水杉的来处。

我在杉林入口看到一块公示牌,上面清楚地标示着:

4号无性系　接穗来自4号优树,优树生长在向阳村新房院子,该优树为2560号水杉原生母树;

……

无根系895　接穗来自对照树,此树生长在桂花村桂花小学操场中,该树为1664号水杉原生母树。

密密的说明,像是让我们看到每一棵水杉所走道路的源头在哪里。

寻其源头，方可理解它从哪里而来，重建我们对时间秘密与秩序的认知。又像是在证明一个自然选择的悖论：北半球众多同类的死亡，只是为了生命的更加完善。

每一棵树的生长，都是时间的流动。树唯有植根于脚下的大地，才能超越时间，又扩大时间。因为眼前的杉林，绿色的覆盖、生命的延续、时光的延宕，在利川这片土地上，扩大到了无限辽阔的地步。

我们在林中的步履很轻，仿佛是在倾听着什么。当我们倾听时间流逝时，我们到底在倾听什么呢？当地一位水杉林专家说，初冬才是水杉林最美丽的时候。红到沉醉的杉叶在风中摇摆，层林尽染，红遍之时，大地上像铺着一张金色的地毯。未遇美景佳期，这给了我再来小河的理由。

小河到处流传着创造生命奇迹的故事。

谋　道

一切都源于一次远行。

20世纪80年代末，一个穿和服的女人出现在鄂西，她从来没想过会来到这个叫谋道的陌生之地，而它还有个磨刀溪的别称。她环顾四周，没看到溪水流潺，眼前只有一棵参天古树。利川有很多古水杉，这是世界上最古老的一棵。

走到树下，她整理服饰，虔诚跪膝，叩头祭拜。燃烧的供香，烟雾袅袅升起。这棵存活了660多年的水杉，在当地人心中，是水杉王，是神树，护佑着这片深山老林和身下的方寸土地。

她是替自己亡故的丈夫前来弥补一个遗憾的。1941年，她的丈夫，日本植物学家、京都大学讲师三木茂博士，建立了水杉化石植物属名Metasequoia。这个属名的确立，告诉全世界，水杉已经消亡了。她经常听丈夫遗憾地说起这个名字。如今面对幸存的它，像是发现时间里藏着的无数秘密中的一个，她热泪盈眶。

我在谋道试图访问这个秘密。

农民作家覃太祥给我讲述她的故事时，我正站在水杉王的面前。我也震惊了，也激动落泪了。这棵被命名为国家0001号水杉模本标本树的水杉，是国家一级保护树种，也是我迄今为止看到的最粗壮、最古老的水杉。它挺拔，端正，招展，雄姿勃发，树高35米，胸径2.48米，冠幅440平方米。它是世界上树龄最大、胸径最粗的水杉母树。它是世界各地水杉的祖先，是我儿时看到的那些水杉的祖先。"死而复生"的它，植物的"活化石"，成了利川谋道的路标。在被辗转确认的时间里，有关它的消息一点一滴传遍了世界，它像沉在海面下的巨鲸，在时光里独自歌唱。20世纪植物学上的最大发现属于幸存的它。

绕树一周。每一步都是漫长时光里的重蹈。仰天望树，它直冲云霄，对生枝像是通天塔的阶梯。地上有或青色或褐色的球果，四棱形，细长柄，随手捡拾，像是把过往的时间握在了手中。公园管理者笑着说，它还结出了另一种果实，那些纷至沓来的植物学研究者，有76位因为研究它而获得博士学位，围绕它生产的论文著述多达700余篇（部）。

在与树为邻的当地土家族人眼中，他们顶礼膜拜的神树，目睹了这片土地的兴衰变迁。祖辈们经常到树荫下聚会交谈，这棵树是村里的会客厅。它像一团光源，把远处的山岭、岩石、水流、屋舍和别的树木照亮。有人在根下埋了一尊菩萨石像，给它的根部缠绕着红丝带，寄寓平安，祈愿求福。人们面对这棵终年披红挂彩的树，求着考学的顺利、出门的平安、未来的子嗣、疾病的康复……生老病死的一切心愿都被藏进它的时光深处。我和朋友谈起自然环境和时间运动中的避难而生，无从经历见证的我们，只有用"不可思议"四字吞吐出日常生活中的惊心动魄。

当晚，我在利川清江旁的一家酒店，在睡梦中又一次遇见它。风霜雨雪，时光磨砺，它从未改变过站立的姿态。我还看到一个熟悉的身影，如同那些来来去去的慕名者，跪拜在树底下。从湘北平原到鄂西山区，这么远的路途，他也来看这棵神树了！

我梦见的是父亲的老战友国生叔，他是个有故事的木匠，他与水杉的交往几乎贯穿他的一生。20世纪70年代末退伍回家后，这位在工程部队木工排服役的战士拾起了木匠这门手艺。入伍前，十几岁时他就跟着村里的老木匠当学徒，乡邻的婚丧喜庆，从出生的小摇床、日常生活起居的桌椅板凳、门橱床柜到一眠永逸的棺材，都经过他的手漂亮发光地打制出来。他们把各种木材拉到他家，堆在禾坪角落里。他用毛笔蘸墨，在上面标记好数字，然后变成一件件散发木香的家具。他带了几个徒弟，生意明显应接不暇，后来，他开了一个小型的木锯厂，承接板材加工，锯得最多的是水杉。水杉材质轻软，是家具中常用的辅材，如木柜的挡板、堂屋的檩子、被垫下的床板。他家后院一度热闹无比，银色的木屑花在喧吵的机器声中四处蹦跳。

有一年，他来市里找我，别人给他出主意，让在报社工作的我宣传报道，目的是帮他植树。我起初以为是听错了，一个砍树做了几十年木匠的人，居然要植树了。他拉着我磕巴地解释，几年前妻子突然患了乳腺肿瘤，后来发展为癌症。他陪着妻子四处求医治疗，花光了所有的积蓄。无路可走下，他回顾自己的过往，终于想到年轻时砍过村里一棵据说上百岁的老树。他想，这或许就是当初造下的恶果吧。就从那天起，他向外界宣布再也不做任何木工活了，而是要开始栽树了。他要"赎罪"了。他先是把庭前院后、村里的大道小路，有空白的地方，都自掏腰包买来树苗栽下去。他栽得最多的是水杉，这种速生用材是最好的造林绿化树种。现在他要把离家十几公里的一座荒山植绿，但他没有钱了，希望有人来帮助他。我把他介绍给了林业部门的朋友，朋友把我带上，到村里看了。真是了不起，国生叔村里的树比别的村要多两三倍。妻子病逝后，他一个人守着空荡荡的家，决定实施荒山造林计划。他变得更加沉默了，每天扛着锄头，挑着水桶去山上。挖坑、栽树、填土，朋友帮他筹来的水杉苗，一棵棵站在了山冈上。他走过沟渠和村庄，来到山冈和林丛。有人经常听到他在说话，和一棵棵水杉树说话，一问一答。那座荒山几年后就绿起来了。到了初冬，杉林红遍，人们远眺的视野中又多了一座红色的山。

我偶尔想到和树说话的国生叔，知道他的余生已不再孤寂了。

离开老水杉树的时候，我看到一群不知名的鸟，在枝梢之间跳来跃去，如踮起双脚的芭蕾舞者，立身，旋转。杉叶也加入踮起双脚的舞者的序列，风托起它的裙摆，身体上升，肢体轻盈舒展，在片片绿光中打开翅翼。

利川来去，心情起了波澜。藏于深山的利川，需要穿过很多个长长的隧道，像是时间隧道，在短暂的白日与漫长的黑夜之间交替奔跑。水杉树散发出的光，从车窗外追逐着照进来，是那永恒时空中的生命之光、自然之光。这光，是透彻、欢心与明亮的，是希望、坚毅与向上的，照亮黑暗中的所在，照暖生命所历经的每一处寒凉，也照耀着大地上诗意栖居的人们。

津市流声

宛如一场酣梦，站在了九月的澧水之上。清流缓平，像一面天空之镜，映照着初秋大地上的事物。海事船破水而行，轰鸣之间，是结队的浪花追逐时间的声影。有水的地方，远近宽窄，不管你是否能听到，都是会有声响的。我心想，属于这条河流的声响到底是什么呢？

倚着澧水的，是一个叫津市的地方。在津市这个名字里，隐藏着她的所有信息："津"的本意为渡口，不言而喻，这是水陆交通的要冲之地，"市"乃开放，天然的开放之埠，港口水运的来与去，是集散，也是流通；"津"又有湿润、滋润之意，美味生津，必是舌尖上的盛宴。湘北名埠、九澧门户，似乎仅是对津市这个名字产生的想象，就能寻到澧水声响的来处。

津市和我的故乡岳阳一水相牵，有太多相似的生命形态。在水边长大的我，对邻水的城市、乡镇、村庄也天然多一份亲切和向往。去往津市，从长沙出发，经过湘水、资水、沅水、澧水四水而抵达。当我意识到自己是在湖湘大地上横断面般地穿越，也就更多了探究的愿望。而我站在津市博物馆二楼的展厅里时，这一认知变得格外强烈。我被一张张照片吸引，也为历史的特别视角所震撼。眼前的百余幅黑白影像，留下了百年前津市的街市概貌、市井民俗、风物风情、码头、船舶、吊脚楼、密集的屋群，在黑白光影里摇曳生姿。也有船夫、商贩、挑夫们的人物肖像，以及芬兰传教士与民众的愉悦合影，那些从心底里绽放的笑容挂在嘴角、流露脸庞，多了无声胜有声的力量。这些照片虽是复印件，但有相当高的清晰度，当年芬兰传教士的档案意识，替澧水保留了消逝的生活。

水能创造历史，也能传播历史。两千多年前，诗人屈原行游澧水，吟诵过"沅有芷兮澧有兰，思公子兮未敢言"。芬兰传教士钟情这"有兰之地"，除了传教外，他们也开办了学校、医院，建了信用合作社和纺织厂，并合取"津""兰"二字挨个命名。这批传教士中，无论是1902年来津市新建福音堂的苏布伦，创办津兰医院的首任院长喜渥恩，还是在战火中救死扶伤、在医院工作过18年的医生艾诺·索菲亚，1953年才回国的最后一任传教士白光明，都是澧水进行曲的"演奏者"。时至今日，过去的"津兰小学""津兰医院"依旧延续着教育和医疗的功能，有尊严地学习，有尊严地活着，传教者心底的信念，很早在这片土地上作出了"津兰之交"的注解。庆幸的是，这些图影并未因地域相隔而断裂，某个机缘，津市当地从芬兰国家档案馆里，将这些时过境迁却具有永恒价值的资料带回到了"出生地"。在我看来，任何宗教，最好的教义，就是与民众和日常生活亲密融合，贴着人性的曲面，滋润千差万别的人心，才会有无限开阔和情深意厚的生命空间。

倚水之地，也是道路出发与前往之地。因为澧水的来与去，水的汇聚与发散，一个人，一只鸟，一片树叶或一条游鱼，都可以带走水，津市的脚下由此就有了万千道路。我听当地朋友说着"美孚""太古""怡和洋行"这些公司商行的来历，也在观瞻红二军团旧址和革命者朱务善的事迹陈列馆时，遥想风云激荡年代里的命运故事。许多人，许多事，似乎已如烟散去，但其实一直是与澧水的四季、津市的昼夜行走在一起的。

在外地人心中，津市产美食。到津市，少不了遇见美食、享用美食、沉溺美食。土钵炖米粉、油糍粑、藕饺、卤菜、粉蒸肉、猪肠油渣、甜矗头……麻辣、红烧、清炖、酱汁……特色吃食、特色做法，几个津市人碰到一起，绘声绘色地"炒"盘菜、"炖"个汤，就会引人满嘴生津、口水吞咽。半城烟火一碗粉，津市人要的就是这种感觉。粉的历史、做法、味道，堪称是我吃过之地中最讲究的。临水而立的望江楼是津市的老地标，原本就是美食的聚集地，而今正在进行的装修意在为恢复码头文化记忆，结合地方饮食、戏曲等，打造一个澧水畔的"文和友"，这又让我留下了津市期待。

登上望江楼，东西眺望，澧水横贯。同行的韩少功老师说起小时候搭船到津市，必在楼前一带的码头吃碗米粉和小吃鲊辣椒，而此行的召集者龚曙光先生的津市记忆，也是留在他吃过的"三顿饭"里。地理建筑会被遮覆，印象感觉会变模糊，但味觉是伴随一生的，是能将往昔生活变得更绵长的。难怪有好厨艺"家传"的津市人充满信心，要把周边地区和远方的人们吸引过来。吃变成了桥梁，吃也丰富着一个地方的声色。当天我被领着去看了当地的几家现代食品加工企业，刘聋子米粉、小桃酥老月饼和各种小零食，电商、出口、品牌、自动生产线，现代生活既赋予了食品工艺的衍变属性，也是在扩展一种生活方式。我看，望江楼就是望江楼，不必要成为另一个"文和友"。从早上起来的第一碗牛肉粉开始，到晚上的各式糕点、各样夜宵结束，这片土地上的呼吸、声音、呐喊，不仅留在传教士拍下的照片里，也积淀在津市人的饮食起居之中。

当然，津市还有很多别的特质符号。比如她是孟姜女家乡、车胤故里，拥有国家、省非物质文化遗产；有湖南最大的溪水湖——毛里湖，广为流传的和选入教材的《澧水号子》……水，既是她们的形貌，也是她们的精魂。离开前，得知津市港二期正在快马加鞭地修建，港口吞吐能力将过千万吨，这是不是可以看作一个更大"声响"潜伏的信号？看来，澧水带给津市新活力，津市也在创造澧水的新深度。

澧水与津市，如同一组孪生词语。从津市走远，忍不住还要回望短暂的相聚，还要回味舌尖上的美妙。我像一个大地漫游者，站立人群之外倾听澧水流动、津市生长的声音，那是有颜色、有内容和有变化的声响——绿色的自然之水，清波明亮；红色的革命之水，星火燎原；蓝色的经济之水，通江达海；亦是橙色的民生之水，从一碗粉、一份点心开始，身心舒畅。

于此辽阔之地

上山前,一个地理纬度萦绕脑际。北纬41°,世界冰雪黄金纬度带,也是长白山纬度所在。

终年积雪,望之洁白,长白山因此得名。第一次抵达,我的目光踏入一片陌生之地,但又不完全是陌生的,曾经对北方的想象,地理学知识上的见闻,众口相传的风土风物,早已让我对这里的山川、冰雪、物候心驰神往。

上山去往的是天池,中途换乘,考斯特上的人们分别散入越野四驱,伴随着低沉的轰鸣声出发。山路平坦向上,积雪堆拢两侧,看惯了漫山遍野的葳蕤绿意,长白山的空旷起伏、冰天雪地的粗粝、白茫茫一片辽阔,一下就镇住了来自南方的我。

每一座山,都是地壳经历生命疼痛后的伤痕所在。长白山亦不例外。多少年前火山爆发,由火山锥体内积水而成的著名火口湖天池,海拔1800米,高度并无可炫耀,但因为气温低,泼水成冰,又因为水质好,清明透亮,这个高度就有了独特性。朋友反复提醒,山顶风大,寒冷难御,军大衣、厚羽绒服、暖宝贴、遮风帽、墨镜、手套、防滑鞋不可缺少,字语间已经让人提前在想象中经历了一场极地生存挑战。车窗不敢轻易打开,呼啸风响,声声紧急。没有体验就没有发言权,终于可以下车,我下意识地裹紧身体,但寒意瞬间就占领了身上没有遮蔽严实的地方。

离天池不远处，有一间观守气象的木房子，木门锁闭，站成了山顶的一处风景。木头是大圆木，一根根垒起，巨大的铆钉锁定。宽阔的横断面上，裂纹模糊了年轮，但一定是山林里长寿的"土著"。转山那日，长白山礼遇来访者，以最好的天光款待我们。凡大山都是收藏家，藏风霜雨雪，藏日月星辰，藏鸟虫林草，也藏迢遥邈远，而我对长白山的所知，过去全然模糊，是眼前即景帮我建立起一个辽阔之地的切身印象。

冰 雪

站在天池的风口，呵气成霜，寒沁入骨，仿佛一阵风来，人会冻成山顶的又一块石头。天南海北的年轻人围站天池，众声喧哗，却也闹不醒已冰冻的水面，清澈明亮的水不见了，变成了一块硕大无比的白玉，如此安静，又变作天空的一面镜子，世俗之物无法投影。

天池是北国之江的源头，松花江、图们江、鸭绿江的水，都是沿着长白山的万千沟壑，沿着千年河道绵延去往的。往更远处眺望，黄海、日本海、北冰洋，都有长白山的水元素。水带走了山的气味、声息和心跳，山的辽阔也因此扩展。

雪在半月前停了。在漫长的长白山冬季，山景就是雪景。我探出身体，长久凝视天池的冰面，深厚沉郁的冰面之下，有一种坚实的黑。当地朋友说，夏季到来，融化后的雪水，掬在手心是白的，挤满河道顺流而下，看上去色泽却有黑的错觉。黑土黑，山脊黑，黑是黑土粮仓，也是黑土生金，未被白雪覆盖遮蔽之处，都有深深浅浅的黑色。黑是碎黑，白是碎白。晴空万里，黑色的山岭是沉潜的、低埋的、隐忍的，白雪是发光的、透亮的、张扬的。黑白互生，黑与白成了长白山的双原色。

我摇转身体，上山者都在摇转身体，不断拍下山的影像。黑白相间的山体在镜头里有了连绵起伏，有了重岩叠嶂，也有了壁立千仞。如同一位丹青妙手，用小斧劈皴、披麻皴、雨点皴等皴染笔法，在天地间的巨幅白宣纸上勾画着世间万物。

冰雪是长白山的面孔。对长白山的向往也是对冰雪的向往。在龙门峰峡谷，我从雪地捧起一掌窝雪，散向空中，轻盈的雪花漫天降落。这种含水率极低的粉雪，结实饱满，让雪量大、雪期长的长白山成为滑雪者的最爱。在万达滑雪小镇，我看到一个9岁小女孩从高坡度的山顶往下滑，那份与年龄差异甚大的从容、淡定，尽显征服者的气度。在二合雪乡的孙家大院夜宿，山野静寂，黑土休眠，偶有雪团从枝间落地，偶有起夜者踩雪而行，声音细密而幽远。待晨起登高，才看清大雪覆盖的村庄，雪雾弥漫，家家户户已有袅袅炊烟。树枝是黑的，屋顶是白的；道路是黑的，原野是白的；木柴垛面是黑的，木柴垛顶是白的；屋檐是黑的，檐下冰柱是白的；山脊是黑的，山顶是白的。眼中所见万千，多么像黑白版画，黑是底色，也是外来的侵入者，白是艺术的创造，也是天地间的原生，杂乱之中各自恪守着天然的秩序。

冰雪是大地上凝视的目光。冰雪不冷，长白山不冷，我倒愿意呼吸室外冷的空气，使人精神焕发的空气。冷是有颜色的。我在长白山看到的冷是白色，又不是一种白，是千万种白。冰雪覆盖之处，生长从未停止，长出了银白、乳白、烟白、灰白、玉白、草白、米白、莹白，也长出了薄荷白、象牙白、月光白、羊毛白、粉红白、鱼肚白、浅紫白、牡蛎白、珍珠白……长白山的白，有着千语万言、千姿百态，也有着复杂的神情、粗犷的动作和微妙的心理。像攀登者，我在雪地上踩出参差不齐的脚印，脚印延展着山的边际和高度。我好几次走进丛林雪地，看到白色光影恍惚，想象着漫长严冬过后的夏季到来，万物复苏，枫桦、胡桃楸、黄波罗、水曲柳、毛榛子、山梅花、刺五加，绿意蓬勃，草木言笑,也有野兔、马鹿和酢浆草、舞鹤草……它们都是长白山的色彩。

因为冰雪之白,长白山的呼吸有了既遥远又迫近的回响。大雪有多辽阔,白色有多辽阔,长白山就有多辽阔。

流 水

流水是另一种白。在皑皑白雪的映照之下,一条5米宽的河流穿过一片巨大的原始红松母树林,如同白练飘然而至。

水是从狩猎场境内的碧泉湖溢流而出的。人工筑修的碧泉湖以水色碧绿得名,湖心有一亭阁,四面林丛白雪点缀,湖面雾气缭绕,一群墨绿的野鸭子悄无声息地游来游去。若从高处俯瞰,大有张岱笔下"雾凇沆砀,天与云与山与水,上下一白"的清幽之趣。碧泉湖因"两恒"而闻名,一是恒量,四季水盈不亏;二是恒温,常年为6摄氏度到8摄氏度。因水质清纯,碧泉湖水成为农夫山泉的水源地。

湖东有溢水口,十余米长、两米多高的落差,造出一道哗然有声的瀑布。流水自西往东,沿着青石河床,漫游出有十数公里的露水河。积露成河,好独特的名字。水常年不断流,就有了远近知名的露水河漂流。第一次冬季漂流,又是在东北的冰天雪地之上,原本是未曾想象过的奇妙体验。

双人艇左摇右晃,顺着河水一路向前,水清见底,石头或铁青或墨黑。远处水上热气沸腾,岸上枝杈和岸边裸石,雪衣覆盖,林间的雾凇树挂,透亮晶莹,似乎多年前就在此等待远方来客。

河岸枝头的雾凇,有水晶之美,有雕塑感,好看得很。水流的恒温与零下几十度的严寒相遇,在这林地之中提供了雾凇出现的天然佳地。满树银挂,静止不动,却仿佛有铃声传来。有时不忍淘气之心,又恨手中的木桨太短,伸向半空却仍有距离。冰枝冰叶,垂挂枝梢,纹丝不动。风是雾凇的天敌，没有风，雾凇的生命是安静的一生。

水流经不同地段，有了缓急，有了动静，就有了惬意。已无需木桨，任凭小艇顺流而下。急水处有旋涡，小艇转动，撞向岸边岩石上深深浅浅、晶莹剔透的浮冰，心中的怯意和愧对，不时从嘴里惊呼出来。仿佛为了回应，树枝上的雪花飘洒，半空飞扬旋转，但等不到看它落地，水流就把我们推向了前方。水在此时成了奔赴者身后的命运之手。

露水河必将是流向远方的。漂流还在继续，水流的潺潺声、哗哗声，还有低沉的哼唱，让人感觉到了声响之外的安宁。这是奔赴至此的我们的内心期待。从喧闹的城市来到大自然偏爱的长白山腹地，得浮生半日闲的快意，已令人不知何处是归程了。对水的走读，就是一种精神的巡游。

所有从长白山出发的水，长着并不相同的模样，地上地下结了一张水系之网。那是一张让人眼花缭乱也心花怒放的水域图，松花江、辽河、鸭绿江、图们江、绥芬河……吉林省内流域面积 20 平方公里以上的大小河流有 1648 条，水把它们的名字刻在辽阔之地，也刻在流传的时间之中。我从满语之意为"果实"的舒兰市经过，这片长白山生态腹地，有大小河流 65 条，霍伦、拉林、细鳞、卡岔……一条再细小的河流都会有自己的名字，就像长辈给孩子取名，也是传递一种冀望。水从生金的黑土地上流过，水稻、大豆、小麦，流青溢翠。水是 800 亿斤粮食年产量背后的丰收密码。水把这些奇奇怪怪却含意丰富的名字带到四面八方。朋友欢喜地谈论着长白山往西北区域的河湖连通，依托洮儿河、霍林河、嫩江和水利工程所覆盖的盐碱地上，雨洪和过水最大限度地恢复着曾经退化的湖泊湿地，消失的草场浩渺和万鸟翔集又开始了回归。

积露之水，生生不息。水的命运暗藏着人的命运，顺利、波折、跌宕、回旋、平和……大地上的水流，无不将人类的目光与心灵延展至更远的地方。这是流水带给人的启示,也是人与自然和谐共生的生动投影。

岳　桦

车内一片憩静,行至半山,突然就看到了那片树林。前往天池的山路盘旋,树林仿佛也和山路在一起盘旋。寒冷、降雪、强风,我很诧异在此等恶劣环境下活着的树。那是要有多大的心劲,才敢傲霜斗雪地活下去啊。

我的目光追随着它们,白色带灰青的树干和褐色枝条参差万千,远看有些像弯曲、匍匐的高大灌木雕塑群,或者就是一幅以点皴为笔法的山林画卷。同车的朋友是跑农业口的记者,向我普及这种树,大名岳桦,典型的寒带植物,落叶小乔木,只有在海拔1000米之上的长白山看得到。这种唯一性,让它成为山上植物中的另类。她翻出手机中的一张照片,那是从高空俯拍下的岳桦林,沿着沟谷向高山伸展,在秋季的第一场霜降之后,金黄色的枝叶在阳光的助力下,把山峦装饰得一片金光闪闪。长白山分布着国内面积最大的岳桦林。高海拔的山体边缘,岳桦在四季站成了不同的风景。我闭上眼睛,却只是想象大雪漫天时刻,这种有意矮化躯体以减少暴风雪侵害的树,隐匿在厚厚的积雪之中,只露出坚硬的枝条。黑色的枝条,被风吹响,声音响彻天空和山谷。孤独地站立,如同一群经历万千艰难的朝圣者,镇定沉着,无所畏惧。

我没想到朋友对长白山的植物如此熟悉。长白山2639种野生植物,其中有36种珍稀濒危物种,加上共计3000余种的动物和药用植物,让长白山的温带原始森林生态系统成了世界最具代表性的区域。保存的完整度和生长的良好性,这是长白山的另一种辽阔吧。

我们是从北坡上山的,朋友说起到过的西坡,岳桦常与鱼鳞松伴生，我中有你，你中有我，于是有了"松桦恋"的传说。岳桦成林之地，多为长白山火山碎屑堆积的地方，似乎是一种有意的选择，要同山的身心紧密贴近。风雪来临，金色叶子飘落在地，地表的草本植物多已枯萎，唯独林下的牛皮杜鹃叶绿枝挺。岳桦是有魔法的树，连同林下的忍冬类灌木和草本植物、根系发达的杜鹃，让极易流失的水土紧紧地环抱在自己的脚下，大雨冲刷也分离不了它们的亲密。高山的守望者，也是水土保持的功臣。

　　生命在冰雪旷野中如何赓衍，常识理解中需要的阳光、气候、土壤，似乎都不属于这一片山林。林下长年湿润，透光适量，草本全覆盖，稳固地保持着水土，但减少了岳桦种子与土壤充分接触的机会。这个问题在朋友那里也遇阻了，倒是干过护林员的当地司机告诉我，岳桦是以树桩和自身腐体为场所来完成世代更替的。断枝落地，树干死去，发青、发黑的断面在风雪冰冻中自愈，在腐烂中新生。待到来年春夏，又是新枝颤动，生机勃发。绝处逢生的聪慧，远远超出人有限的想象。

　　长白山的夏秋季节是眨眼间离开的，漫长的冬季降临，岳桦林里没有了昆虫私语，飞鸟也已远去，啮齿类小动物得以在此安全度冬，石堆中偶尔传来东北鼠兔发出的鸣响，在风声里变成了呜咽。大自然里时隐时现的声音，突然响亮地冒出来，却让人心生欢愉或忧嗟戚然。下山途中，我去看望了一片岳桦林，低海拔山区的岳桦，树干直立，侧枝繁茂，与高海拔的匍匐散乱有着不同的树形。灰白色的树干上，树皮呈横条状裂，据说它木质坚硬，密度大，能沉入水中。它的平均身高在10米左右，随着海拔增高和风力增大而矮曲。在漫长岁月里，它经历着高山的严寒、风雪，顽强存活于发育不良的土壤和有机质含量少的山地。那种艰难中的开拔，死亡中的涅槃，言说不尽的命运之变，尽在长白山，生命的坚韧需要我们大声歌唱。

尼采说,世间万物皆相连、相引、相缠……岳桦成林,白雪点点,恰好是对长白山的最好注脚——长厮守,到白头。遇见的每一位当地人都会说,任何季节来长白山,都有令人怦然心动的不同风景。尚未离开的我,又有了何时再次抵达这一纬度的心念。

铁方佛与船

一

干涸得太厉害了。

湖床上的坼缝，没有规则的龟裂。手可以伸进地下。已经多少天没下雨了。中间预报过有雨，却只是细雨掠过，比丝线还细，比泪水还少，都不能打湿人的嘴唇。他在干坼的大地上呼喊，又吼唱起来，呜咽哽噎，撕心裂肺。我说，小点声音。我又说，唱歌的人不许掉眼泪。

有眼泪就好了，眼泪多了就好了。

我在走向这些坼裂的时候，脑海里突然冒出两句古文："惟楚之南有水曰洞庭，环带五郡，淼不知其几百里""洞庭之远兮，亘全楚而连巨吴，路悠悠似穷塞，波淼淼而平湖"。我不是要比较记忆力的好坏，每个人都能从诗文中感受到字里行间躲着一个简单的词语——浩大。

那个属于洞庭湖的"浩大"，在古怪极端的气候之下变了个魔术，在时空里消失了。2022年8月末，旱情张牙舞爪，往年此时正是汛期，在洞庭一湖，水波潋滟才是正常，横无际涯才是正常，防洪防险才是正常，但这年多地江河断流，河床裸露，船舶无法运行，水运业的噩梦。洞庭湖也不能独善其身。那座我往返过无数次的洞庭湖大桥，干涸之上的桥梁，钢筋水泥的几何图形，"浮"在刺眼的烈日下，大煞风景，庞大臃肿得甚是多余。临近河堤的桥墩完全露出水面，湖中央的桥墩露出了基座，水退到了离岸100多米的地方。岸滩上生长些寂寞的青草，在风中和干裂的大地之上更加孤独。

人可以往湖中走得更远，河床上有晒干的死鱼，你一脚他一脚，终将化为齑粉。过去无法涉足的地方，大人孩子开始了奔跑。有几个上岸的老渔民，忧郁地走在河床上，说多少年没看到也从没听说过这样的旱情。朋友转发来一张卫星图和数据，2022年8月18日，水体面积约为548平方公里，与7月初相比，仅一个半月时间，面积减少了约66%。真是一场风驰电掣的"减肥"运动。

我心中的大湖瘦成了"一道闪电"，瘦成了一个叫"枯槁"的词语。

又过去一个月，9月24日，中央气象台继续发布干旱黄色预警，湖南、江西多地仍持续特旱。25日8时，洞庭湖标志性水文站对外宣布：长江城陵矶水位降至19.47米。汛期反枯，这个水位值较多年同期均值偏低了7.88米。大河不满小河干，湖南全境内的河湖早已低枯得超出想象。降水少，持续高温，蒸发量增大，还有别的原因呢，人们语焉不详。

他不唱歌了，要带我去看新发现的铁方佛，河床上的"X"。

铁方佛躺在沙石里，如果不是这场干旱，它依然会被覆没水下。我一时不知要如何描述这笨重而硕大的东西。铁方佛的两头像燕尾，中间有大孔，与旁侧的燕尾两孔呼应，造型独特，从形状上确实像古代犯人脖颈上的枷具。此前，我曾在岳阳楼西东吴鲁肃的点将台前看到过1980年发掘出来的第一枚铁方佛，长2.4米，宽1.88米，厚0.34米，中间大窍直径0.26米，外侧燕尾上的两个小窍直径0.12米，三窍都是圆孔，重约7.5吨。我看到的是刚发现的第四枚，还有最后一枚应该是藏匿在泥沙之下。

它们为何出现在这里，又为何长成这个模样？

几位省内和本地的研究专家在故纸堆里查证，北宋范致明《岳阳风土记》记载："江岸沙碛中有冶铁数枚，俗谓铁枷，重千斤。"明万历年间张元忭撰《巴陵游览记》有言："城外有铁铸方佛五枚，陷沙碛中。"铁方佛的得名因此而来。清光绪《巴陵县志》又记载："铁械在城西门外水次，制度甚工。凡五，其一较小。"数量在历史记录中似乎有了共同的确定。很快，它的别名都冒了出来：铁纽、铁械、铁方佛，但人们还是习惯喊它岳阳楼铁枷。

看似普通的事物，有着不寻常的来历和用途。范致明猜测："古人铸铁如燕尾相向，中有大窍径尺许，不知何用也。或云以此压胜，避蛟蜃之患；或以为石丁石，疑其太重非舟人所能举也；或以为植木其内，编以为栅以御风涛，皆不可知。"

后来大家也纷纭众说：一是稳定岳阳楼的楼基；二是古代官府竖旗杆的铁座；三是船只泊岸的铁锚、锭石；四是司马炎为消灭东吴用铁链封锁湖面、拦截来往船只而用来系铁链的铁锁；五是宋朝钟相、杨幺在洞庭湖组织农民起义时铸的阻船墩；六是岳飞征讨杨幺时系锁横江之物；七是镇水的厌胜之物。

我倾向最后一种，朋友帮我校准读音——厌胜（yā shèng），释义是厌而胜之，即用法术诅咒或祈祷以达到压制人、物或魔怪的目的。可以想见，铁方佛是民间辟邪祈吉的心愿与象征。

铁方佛埋藏之处，距岳阳楼老城门不远，常年隐没水下，只有11月间湖水退去才会显身。5枚铁方佛最早的一枚是1980年发现的，42年后第四枚被发现，藏身处大概在一片相距不远的区域。在水的冲刷和泥沙的移动下，笨重的铁方佛也在发生位移。

世间万物各有其形，"X"形的铁枷，当它与"辟邪祈吉"关联起来，就有了合理的解释。古代凡水患处，皆谓之蛟龙作恶，道教神话中有一说法，"蛟龙喜燕畏铁"，一喜一畏，古人就先塑铁枷燕尾形状，吸引蛟龙，再用通体生铁将其镇压。

黑铁，生铁，像冰冷的谶语。湖上风物有太多的禁忌。战国时期出现的铸铁工艺，至汉代已非常成熟，但几千公斤的重物且是水中之物的并不多见。铁方佛是沉水之物，通晓水的语言，与湖中的鱼虾蚌螺水草为伍，斑驳锈蚀也未改其庄重敦实，在静默中用世间不能通行的语言讲述地老天荒的往事。

他看着我，又看着铁方佛，咧嘴笑了笑，又准备要唱起来。他的目光落在很远的地方。那个地方，是湖中心，是千里之外，水仍在流淌，水不会消失。

二

水的故事，洞庭湖的故事，很多是在船上发生的。船是渔民水上的家，吃饭、睡觉、流浪的家伙，也是几代人生活过的产房、校园、故乡和远方。

有一回，我去山间民宿住过一日，院子里有一个石砌的水池，不知老板从哪里搬来了一条不再闯荡江湖的木船。船上火舱做饭，中舱休息，网具放在二舱，捕捞的鱼放在通舱。船舵全身上下不再油光发亮，横向的滚头、横牙，纵向的底板、托泥等，每一寸肌肤爬满被水咬过的伤疤。

民宿的中年老板是在外闯了一圈回老家安居的，年轻时跟着木匠师傅学过艺，没成为好木匠的他却当上了五星级酒店的大厨。这条从水上"搬"到山里的船，原来是他师傅的手艺。他曾跟着师傅去过洞庭湖边上的村子造船。他说到"造"字时，刻意停顿，让它变得威武、严肃起来。在造船人的心里，造的是人的另一双手脚。

　　造船要择吉日进山采木，此前要备好"神福"祭祀。何为神福？鱼、肉、茶、酒和新鲜水果。造船以椿木为上选，也有樟、楮、杉、枣等其他材质，但都要配上一方椿木以示祈福。寺庙、道观周围的"神树"，是"吃香火"长成的，无论材质多好，都不会砍伐造船，以防"船翻人亡"，这是忌讳，也是敬畏。

　　师傅去世有些年了，他却还记得那间刨木花堆满的敞亮大房子，木头的芬芳令人迷醉。木头砍回后，需要另择吉日正式开工。掌墨师才是造船的大师傅，各种用料的长宽厚度皆熟稔于心。开工仪式上，掌墨师手捧一册发黄的《鲁班书》置于鲁班神像案桌上，燃烛焚香插入香炉，伏地三叩首，然后啪地拍响量木用的"界尺"，大声唱道："开山子一向天门开，请得先师鲁班下凡来。"木匠的器具我也认得不少，他说的"开山子"就是斧头。方言来自它最早的象征和功用。

　　仪式结束后，船东家的宴席就通知可以开始了，所有造船工匠被请上桌喝酒吃肉。但第一杯酒先敬上座的掌墨师，他喝完后众工匠才可举杯畅饮。热闹的宴席过后，屋子里就安静下来。那些日子，只有清脆的刨木声、叮叮当当的敲打声灌入耳中，东家进来递茶送水也都是小心翼翼。直到船体合成，要搭台唱戏以庆贺的时候，屋子里外又喧闹起来。戏班子如约而至，舞台就在屋门前的一棵大树底下，周边屋场的人跑来看新奇。新船通体雪白，木头"活"成了另一种生命形式，且有了优美柔韧的弧线，健壮弹性的肌肤。船壳在锁上最后一块榫木后，掌墨师要行"关头"仪式。他给船头披红戴彩，一边唱"赞词"，一边给船两侧各钉四口钉子："钉头口，添人添口；钉二口，荣华富贵；钉三口，清吉平安；钉四口，四季发财。"话音一落，下手师傅已拎刀割开雄鸡的喉咙，血射在船头，鸡被投掷到舱内，掌墨师又唱道："雄鸡进舱，快卸快装。"

新船下水，又有新的仪式。下水前一日，船舱两侧要贴上一副对联，"九曲三弯随舵转，五湖四海任船行""船到江心牢把舵，箭安弦上慢开弓"，也有简单如"山不碍路，水不碍船""看风使舵，顺水推舟"。船头、船尾、船舱内灯烛燃照，称之"亮墩"，这时还有个小祭祀，对象是有"摇钱树"之称的桅杆以及舵和橹。船东家格外看重这些船上的事物。

他没等到师傅成为掌墨师就离开了。年轻的他看到过一条船的诞生，多少年过去，他还记得那些激动的细节、场景。偶然之机他买下了师傅亲手造的一条已废弃的木船。许多事情早已烟消云散，记忆却如此神奇地跟着他。

三

10多年前，我跟一位专注地方文化的写作者拜访过民间造船师傅老熊。水运所退休的老熊住在北门渡口的旧家属区，出门跨过马路，就是洞庭湖，朝晖夕阴，风晴雨雪，他是最熟悉这湖水的一员。几年后，他和另一位朋友合作造了一条风网船，花了两万块钱退休工资，最后捐给了市博物馆。

熊师傅造过多少条船，他已记不清了，但造船的那些仪式过程却仿佛钉在脑子里，拔不出来也消失不了。他的祖辈、父辈都是渔民，干的是脑袋拴在裤腰带上的险事。他从小就在船上摸爬滚打，一根红绳子系在腰上，红绳子限制了他的自由，也保护了他的安全。

湖上有多少种船？他滔滔不绝能说出20余种，岳州铲子因其船头形似方铲而得名，大吨位有57吨，小的也有18吨，是洞庭湖里的巨无霸。尾巴通杆，艚艒有些尖翘，一般不去浪大漩急的长江。采杆长船，配上一副桨叶，只为在浅水行船。小驳船头方尾翘，一叶风帆两支摇橹。倒扒子头尾圆尖,前船身平长,艉部的舵舱像个扒子而得名。乌缸子是外来的,船体前后窄、中间宽,桅长帆大,船板薄,浮力大,因其船体乌黑发亮得名。还有道林船、驳船、麻阳船、厢壳子等。

老熊的祖父拥有的第一条风网船,帆是白棉布,用薮皮染色,防腐经用,一张开风就鼓满了帆。船是选在正月初三开船的,鞭炮齐鸣,敬奉水神,起锚上移,寓意生活向上。一家人跟随一条船去往下一个地方。是漂泊、流浪,也是生活、邂逅上天的美意。很多的船家要等到过了正月十一日"船爷爷"生日才出行,船头系上一朵大红绸,不动渔具,全船休息一日,祈福一年平安顺遂。

祭祀洞庭王爷才是这一天的重头戏。船上香烛点燃,船东家宰杀一只大红冠雄鸡,一边从船头走到船尾,鸡血滴于船板以示辟邪,一边念道:"神灵保佑,开船清吉太平。"这时候,人员要搭跳板从船腰上船,不能直接上船头。

过去的日常生活,在今天看来是特别的繁文缛节。再宽大的水面,到了小小的船上,就有了很多禁忌。老熊从小耳濡目染,听老人讲过许多俗称"口风""撞口话"的说法。

禁忌是从语言开始的。上了船,就要守船上的规矩。"八大忌语"是首先要记住的,"龙、虎、鬼、梦、翻、滚、倒、沉",这些字眼出现在船上是犯忌。船民中姓"龙"的改称佘(蛇),或叫"扭河里";姓"陈""程"的,都改叫"浮",连地名城陵矶也改称了"浮陵矶";船主称"东家",而不叫"老板",老板含有陈旧易烂之意。船上说动词的时候多,有的要与日常叫法不同,"翻身"要叫"转身","滚水"称"开水","打牙祭"叫"开牙祭"。船上用具用法也讲究,碗、碟不能反着放,只能正面仰放;每天晨起做事须谨慎,打破锅碗、摔断用具会被视为不吉利;饭桌上第一筷子要夹荤菜,且不许说话,这得鼓圆眼睛看清楚,无论夹到肉还是骨头都得吃下肚,是不能吐掉的,第二筷子后，才可说话和吐弃不食之物。

　　船在水上的路是船路，船路也是有规矩的。那时不论大小船只，过洞庭湖时，经鹿角、君山、南岳坡，都要祭祀洞庭王爷。老熊小时候看到大船上的船工司锣祭祀，船东家点燃香烛纸钱、鸣炮敬酒，司锣工先敲一长声，接着连敲四长声，船东家先叩一响头，接着长跪念道："有请洞庭王爷，开船不遇风暴，不撞险滩，保佑我船一路平安！"锣声停下，祈祷结束，起锚行进。小船是不打锣的，但燃纸钱、点香烛、跪拜祈祷的过程不能省。后来有的礼祭简化，小礼一挂短鞭、一块小肉、一杯酒，大礼一挂长鞭，杀猪宰羊。小礼是求赐平安，大礼是"还愿"神灵。

　　行船中的餐聚，船东家与船工同桌，喝酒、夹菜、吃饭也各有讲究。杀了一只鸡，却不是人人想吃什么就吃什么。象征财喜的鸡菌子是船东家吃的；象征抬头顺风的鸡头是撑头篙师傅吃的；吃鸡屁股的是舵工师傅，表示能掌好舵。头一碗饭只能装一大瓢中间的饭，不能装锅巴，第二碗则可随便了。碗叫"赚钱"，筷子叫"拿篙子"，调羹叫"拿鸡婆"，饭瓢子叫"拿抓巴"。

　　山里人对山歌，水上人唱水路歌。船工、渔民多会说船谚，唱船谣。渔民挂嘴边的船谚，有驾船摆渡的经验，"三桨当不得一篙，三篙当不得一橹，三橹当不得扯帆""船到弯处必转舵，船到桥头自然直"；也有水上民间文化的集成，"单丝不搓成线，一人难撑两条船""浪再高在船底，山再高在脚底"。唱的则有渔歌、情歌、防风斗浪歌，但不能唱"牧羊调"，这个禁忌缘自流传甚广的《柳毅传书》神话，洞庭龙王之女下嫁受虐成了牧羊女，认为唱了"牧羊调"是大不敬，会使洞庭王爷发怒。

　　有一年夏天，太阳在头上晒，但到了傍晚，湖风一吹，热气迅速散去。落霞，湖水，长天，闭眼睁眼之间，颜色光泽形态，仿佛三棱镜有了万千变化。我在老君山水域的一条趸船上吃饭,渔家大嫂做了小龙虾、活水煮鱼,最后都抓一把紫苏连秆带叶丢进去。小龙虾是紫红的,颜色深,剥开的肉紧实。湖里的野生出产与河汊、养殖的小龙虾味道差异很大。邻船上的一对中年兄弟过来陪酒,喝过几杯,船东家让他们唱几句。

船谣、渔歌讲的是水上的情感生活,但在时代变化中这些歌谣多数失传,能留下的都成了"文化遗产"。中年兄弟看到我带头热切鼓掌,又觉得有些不好意思。弟弟薄嘴唇,桌上话多,伶牙俐齿的模样,这下也只顾埋头扒饭了。挨了一小会儿,弟弟外肘顶了顶哥哥的腰,说你唱一段岳阳《水路歌》。

> 长沙开船到母山,霞凝靖港丁字湾。借问铜官弯不弯?青竹云田磊石山。
> 鹿角城陵矶下水,鸭栏芽铺石头滩。嘉鱼牌洲金口驿,黄鹤楼中吹玉笛。
> 汉口开船往青山,借问阳罗弯不弯?阳罗不弯朝直走,团风把住双江口。
> 双江口,口双江,好似杭州对武昌。水沙巴河兰溪堰,道士湖中水茫茫。

《水路歌》其实有100多行,内容说的是水在湖南境内流经之地,一直流到崇明岛出海口的地理人文。哥哥嘴里的唱词,起音低尾音翘,韵味很足,就像一条欢快的河流。唱完他回肘顶了顶弟弟,意思是轮到你了。

弟弟抹了抹一张油嘴,拿腔拿调唱道:"久闻妹妹一枝花,日织绫罗夜纺纱;一日织得三丈布,哪个不想妹成家?"

渔家大嫂带头扑哧笑了起来。我听着唱词中熟悉的地名，想着属于渔民的生活情趣，看着夕阳一点点浸没水中，湖面浮光跃金，静影沉璧，风跑动起来，洞庭湖摇晃着身体，变成了天地间的一条大鱼，一直游到夜色深沉。

　　禁渔后的湖上没有了船，水上生活成了口头记忆。没有进行书写的记忆会漂泊，会靠岸，也会相见。站在干涸之上，也许，我要确信，因为一场大雨抵临，四季轮回，水会归来，大湖会归来。原址保护的铁方佛依旧沉没在水中，木船在湖上销声匿迹，但升级换代的现代船舶仍在波澜不惊中轰隆航行。

"城心"的神采

一个地方总有它独特的神采。几年前，我移居长沙，成为这座城市的新市民。此后，我特意去探访了一次它的"城心"——袁家岭。许多老长沙人一定对芙蓉区的袁家岭了如指掌。袁家岭文化院团聚集，也是长沙最早的商业中心，有太多可以言说的元素集合在这里，弹丸之地"生长"着独特的神采。

28年前我第一次到长沙，印象就留在了袁家岭。那个时候，长沙城给我印象最深的地方，除了长沙火车站的朝天火炬之外，就是袁家岭新华书店。走出火车站，踏上五一路，去往城市的其他角落，袁家岭都是必经之地。袁家岭新华书店是1986年开业的，4000多平方米的营业面积，摆了几万种琳琅满目的图书，在当时全国的新华书店中，算是体量很大的。记得那个时候走进书店，里面总是门庭若市。早上店门一开，楼道两侧就有读者迫不及待地"占座"，开始一天的读书时光。

我有不少书是从这里买的。记得1996年第一次在袁家岭书店买到浙江文艺出版社出版的《百年孤独》，从此打开了我阅读外国文学的一扇窗口。可以说，袁家岭成了我走上文学之路的出发地，那里有我一段刻骨铭心的文学记忆。时过境迁，如今，网络购书便捷，我却仍然怀念上书店买书、看书的日子。每每经过袁家岭，看到熟悉的建筑，总觉得亲切，仿佛时光在倒流。

有一次，和家住袁家岭的朋友聊天，说到百年前长沙城开山筑路，把城市的中心点定在了袁家岭的韶山路街口。他的语气里透着骄傲。过去这么久了，无论城市东扩西拓还是南延北进，那个最初的中心点还在，那个长沙人心中的"城心"，历经岁月淘洗，神采依旧。

走进"城心"，可先看"古"。马王堆汉墓里沉淀的楚汉文化，走马楼简牍里记载的三国风云，管中窥豹，让人浮想联翩。在"城心"走街串巷，亦妙趣横生。去往白果园巷、化龙池、都正街等老街，再去新兴的湖南米粉街、古玩艺术街等网红打卡地，感受古今交替、烟火人间。

步入长沙临时大学旧址的展览厅，我在一张地图前发呆。地图是一座城市的花名册，我细细辨认着小小的地名。小圆点所标示的袁家岭今非昔比，那些街巷阡陌早已发生了巨变。

风晴雨雪，朝晖夕阴，"城心"的神采刻记在了无数凝视者的目光中和穿行者的脚步里。某一天，我抬头猛然看见"城心"有了新高度。高耸云天的湖南第一高楼——国金中心，在452米高的顶楼可俯瞰长沙城。橘子洲头，湘江北去，岳麓山上，层林尽染。鳞次栉比的新建筑、眼花缭乱的时尚元素，散入仅3.16平方公里的袁家岭文化区，发出拔节生长的声音。

不夸张地说，"城心"的宽街窄巷，每一步都听得到文化的回响。这里有读者热爱的省图书馆、观众流连的大剧院，以及京剧和花鼓戏保护传承中心、湘剧院等。走过湖南花鼓戏剧院，悦耳的戏声此起彼伏。正赶上这里举办首届袁家岭戏剧节，青年演员唱念做打，引得无数戏迷连声叫好。长沙人爱看戏，有戏的地方，必然也是神采飞扬的地方。

湖湘名品湘绣、湘茶、湘稻、湘瓷，皆能在此寻迹。坐落在车站路的省湘绣博物馆，藏着一道道迷人的艺术风景。新中国成立后，湘绣浴火重生，一幅幅艺术佳品为湖湘之美作了精彩的注脚。出神入化的鬅毛针，一针一线，绣出惟妙惟肖的虎绣像。不可思议的双面全异绣，在同一幅透明纱料的两面绣出两种物像，构图、色彩、技法各异，让人拍案叫绝。

神采是积淀的，也是生长的。每一座城市在时间长河中，有继承也有创造。无论经历什么，都是在寻找并唤醒它的神采，也是在孕育它的神采。神采落地，化为城市的底蕴，有了底蕴，底气就足了。"城心"的神采，从文化内部蔓生开来，为城市塑形。

入夜的灯火照亮"城心"。路过重建中的袁家岭新华书店，这里即将建成湖南文化广场。耳畔响起芙蓉区朋友的豪言壮语：这个承载长沙人精神记忆的老店，将成为著名的文化地标。我也热切地盼望着"城心"将有的新神采。

照见光芒

江水流到宜宾东郊的李庄，才被喊出那个响彻大地的名字。这里的人悄悄地说，长江就是从千年古镇李庄"出发"的。这虽是夸辞，却是它有着"万里长江第一古镇"之声誉的来由。

到达李庄的当夜，睡着了又突然醒来，在大自然的声音中醒来。房子临江，是3层小楼建成的民宿。水流搬动着李庄的夜晚。水流制造的声音里，羼杂着虫鸣、鸟语、风声，间或蹦出几声青石板街面上的沓沓脚步和夜归人的嘤嘤私语，像是一支没了指挥的乐队，由着性情奏着李庄的小夜曲。演奏者的下酒菜不是当地特产白肉、白糕，而是明月、江风和往事。

蒙眬中有光。漫天飞卷的光芒，时隐时现，为声音叩打着节拍。这些声音并没有让李庄变得喧闹，这些光也没有让李庄变得炫目，它们都是李庄寂静深沉的组成。

光是哪里来的？江面上有航标灯，曳曳微微地闪烁着，拖出一道道长影。水流到光的身旁，明显有了旋涡，有了湍流，像沙地上一个淘气的孩子画着一个个越来越小的圆环。江对岸有丛林掩映的房屋，屋里亮着一浮一沉的白光。偶有路过的货轮，船头有盏摇摆的灯，尾部发出低低的轰鸣，突突突地往斜里开去。这条行驶的斜线，也被那幢3层高的八角楼阁檐边的彩光照亮。

来李庄的人，无一例外最先看到的就是这座全木结构的八角楼阁，牌匾上"奎星阁"三个大字浮凸夺目。建于清光绪年间的奎星阁，立在小镇景区的东北顶角处。因为高，它成了我们判断方向与位置的标志建筑。可以升降的地面路障，也从它身旁将李庄划成了两个世界——过去与现在，俗世与理想。盘楼而上，江面、小镇尽揽眼底。江流蹉跎，人流熙攘，我们站在窗边用目光测量江面的宽度，假想自己跳进水中横渡的时间，但江面有多处像古树年轮般的旋涡，怕是无人敢轻易下水。当地朋友傲骄地介绍，奎星阁是从宜宾到上海沿江保存最好的亭阁建筑。这话最早出自著名建筑学家梁思成之口。

来得凑巧，次日正好撞上梁思成诞辰 120 周年纪念日。抗战时期，梁思成带着妻儿就住在李庄上坝村的张家大院。他的年谱上如是记载：

1940 年 11 月，日机对后方的轰炸越来越凶，中央研究院被迫迁往四川南溪县李庄，营造学社因必须依靠研究院的图书，不得不随之迁往李庄；1941 年开始集中精力研究宋代的《营造法式》；1942 年开始撰写《中国建筑史》；1943 年英国大使馆文化参赞李约瑟赴李庄访问，在《中国科学与文化》一书中称梁思成是研究中国古建筑的宗师。

在那段战火纷飞的日子里，这位宗师藏进了李庄的寂静之中。它的寂静是天生的，长江在侧，逝者如斯夫，它的历史也有 1400 多年了，谁还有理由静不下来呢？梁思成定是深深喜欢李庄的。读过《中国建筑史》的人都会生发一种感觉，他的访古和研究，呈现和留存，有如江水远途跋涉、上升汇聚，有着与时间水乳交融的精神气息。它不是宏大的叙事，而是从细节处生长出来的精神自信，发出被风托起的羽毛般的光焰。

李庄有太多的细节，注定要成为时间的陈酿。避不开的那段高光时期，从北京、上海、南京等地辗转迁徙的 10 多所高等学府和研究机构，不约而同地选择了李庄，在李庄享受了一段寂静的时光。东岳庙是同济大学工学院，张家祠是中央博物院，祖师殿是同济大学医学院……我在这些庙宇、祠堂改建的旧址内，数念着那些名字：李济、傅斯年、陶孟和、吴定良、梁思成、林徽因、童第周……在李庄，只是生命中短暂的停留，他们的名字却永久地烙刻在这片土地之上。要知道，当年来一趟李庄不容易：重庆坐船，"上水三天，下水两天"；走陆路坐敞篷车，从昆明过来要费时两个星期。然而来李庄求学、研究的文人学者、师生曾多达1万余人。那么多人不顾辛劳辗转，怕也是有道光在前方引领吧。

坐落在李庄的这些旧址也都是发光体。有威严耸立的高墙，有不起眼的窄门小院，细察之下，都是典型的明清时期川南的民居、庙宇、殿堂，布局其间的石刻木雕活灵活现，有画龙点睛之美。因为时间和维修的原因，我未能将李庄的"九宫十八庙"走全，这也给了我下次再来的理由。同行者在江边拍到空中飞过的白鹤，然后兴致勃勃地领着我们去看张家祠厅房的窗门。50扇窗门，上面有100只楠木精雕而成的仙鹤，这些窗门仿佛是一面面镜子，照见从江上飞过的白鹤。一群老太太在进门的耳房里正经八百地练声，唱着过去年代的歌曲。歌声在院子里游荡，似乎是生气勃勃的木雕石刻和舒展枝叶的黄桷香樟在讲述着陈年旧事。

穿街过巷，墙瓦斑驳，光影流动，有种错觉，擦肩而过的正是旧日时光里那些大名鼎鼎的文人、学者。一转身，他们就钻进某个宅院的屋里，埋首做着研究，间或抬头看天色暗下来，也看月光的清辉洒满院落枝头。6年的光阴，在被称为抗战文化中心的李庄，他们互相涵养，也互相成全。这一群人，是循光而至的人，也是散发光芒的人。我忽然间明白，时间在他们身上刻下李庄的记忆，李庄也从他们身上拾起焰火形状的光芒。

李庄让人产生好感的地方，既是这段珍贵的历史，也是在街巷随处遇见的日常生活。临街店面都是手艺人开的，经营着"三白二黄一花"

的本地特色，极少见舶来的大路货。卖白肉的师傅刀工极好，大片肉切得仅一二毫米的厚度，吃法讲究，筷子一圈圈缠绕蘸上酱料，肥而不腻。白糕甜香糯软入口即化，有"李庄五粮液"美称的白酒香浓顺喉，黄粑色泽金黄齿间生香，就地取材的黄辣丁入汤味道鲜美，花生用中药香料浸泡之后口感香脆……特色之所在，都是10多道工序加工而成，从不偷工减料。街头巷尾的李庄人，来自异乡的学者名人，在各自的创造中也享用着生活的日常。人的膳食起居混淆了人的差异，生活给了不同的人同样的光芒。

定定地看着江，不时有光浮上水面。那些时光里的人们走了，又没有走。他们和李庄各自持守着大地的秩序，隔空对话。作家阿来说，那个特殊的时代，李庄保留了文化的种子，生根发芽，沉积多年，今天到了唤醒李庄、唤醒李庄故事和文化精神的最好时代。

虽是两日，却喜欢上了李庄的真实。李庄1000多年的历史，也许不曾变，像忘记生长的树，带着最真实的尘埃和亮光。我愿意一个人坐在江边，不动声色地看春夏秋冬、日月星辰。那些从大自然和记忆中的觅获，如一滴草尖上的朝露，照见山水，照见天空，让人瞬间丰富、阔大——因为有光。

在这里，李庄的光芒照见人，也是人的光芒照见李庄。

被时光遗佚的画卷

眼前的这座楼阁，是一个时光收藏家。比其收藏更丰富的，是千百年来相守相望的这湖水。

站在景区的西南角，能远远地望见枝繁叶茂中露出一角峥嵘的楼阁。日薄西山，辽阔的湖面上荡起一圈圈镏金的水浪。游客散离，脚步寥落，从市井闹声里蛰伏了许久的安静，慢慢地伸长无数细密的藤蔓，紧紧攫住楼阁的四角，高高地把它悬在静水流声之上。透过暮色，仿佛能触摸到历史深处的某些画面。

900多年前，也就是宋仁宗庆历六年（1046年）的某个夜晚，正是秋季，凉意一寸寸地攀爬上范仲淹的肌肤。这位北宋名臣鬓角斑白，日子过得并不舒畅。这一年，他被贬知邓州。

略显拘谨的书房内，灯火将范仲淹清癯的脸庞在墙上打出虚弱的剪影。他慢慢展开驿使送来的山水画轴。他并不熟悉画的作者，但送画来的滕宗谅是他多年的好友。这位被更多人记作"滕子京"的友人，与他的命运相似，同样是遭贬的落魄官吏。两人各处异地，唯有纸上飞鸿。

画幅在手掌挪移间徐徐拉开，刹那间，范仲淹看到了水——曾在太湖、西洞庭湖生活游历过的他，对水有一种从心底迸发的欢喜——浩浩汤汤，横无际涯，水一直流淌到目光的尽头，连同那些大大小小的帆影。近处呈现的，是从高大林丛中生长出的一幢3层纯木结构的楼阁——四柱高耸,檐牙高啄,金碧辉煌,仿似一只腾空的鹏鸟。楼筑建得很雄伟,范仲淹一眼就洞穿了好友的心思。

谪守巴陵郡,濒洞庭,临长江,流水匆匆中隐匿的无奈凄凉压得滕子京心头沉甸甸的,但水所能生发的大气象又让他精神一振。贬谪,这一多数古代文官都历经过的政治"棒击",轮到滕子京头上时,一定也是辗转反侧、夜不能寐的。所幸的是,适时调整心态的他,在被贬之地开始书写政治生涯中的崛起之作。

这一贬,成就了他自己,也成就了一座城市。

在滕子京到岳州之前的两年多时间里,这一朝廷的弃儿,先后从庆州贬至凤翔,继而贬至虢州,后又于庆历四年(1044年)春谪守巴陵郡。滕子京待在巴陵郡的时间是从庆历四年(1044年)春到庆历七年(1047年)初,后调任苏州。他以忍辱负重、殚精竭虑的3年时间完成了在今天看来都十分重要的3件事:承前制,重修岳阳楼;崇教化,兴建岳州学宫;治水患,筑偃虹堤。即使有人称之为政绩工程,也堪称大手笔,且为民生实事。

岳阳楼重修落成之日,滕子京只是"痛饮一场,凭栏大恸十数声而已"。这是一种压抑太久之后的释放。一个负罪的贬官,一趟失意的仕途,一场坎坷的人生,足以使人消沉、颓废,但他忍辱负重并勤于政事,把个人的惨淡悲伤丢在了历史的风中,以"古仁人之心"和"先忧后乐精神"赢取人生美誉。

滕子京并未忘记"请"来3位文坛高手的文章:尹洙的《岳州学记》、欧阳修的《偃虹堤记》,当然最重要的属范仲淹的《岳阳楼记》。

他在给范仲淹的《与范经略求记书》里说:"楼观非有文字称记者不为久,文字非出于雄才巨卿者不成著。"言外之意,滕王阁的著名是因为有著名的《滕王阁序》。为了说服好友动笔,他称颂范仲淹"文章器业,凛凛然为天下之特望,又雅意在山水之好,每观送行怀远之作,未尝不神游物外而心与景接",希望范仲淹"戎务鲜退,经略暇日,少吐金石之论,发挥此景之美",从而"知我朝高位辅臣,有能淡昧而远托思于湖山数千里之外"。思虑周全的滕子京还想到,让当时身在邓州的范仲淹千里迢迢来一趟,耗时费力,还不能确定是否成行,不如画幅实景图,"谨以《洞庭秋晚图》一本随书赞献,涉毫之际,或有所助"。

这幅历史上最早描绘岳阳楼的画卷,因此诞生。

范仲淹所看到的那幅山水画,也许见不到人,但又无处不显示着人的存在。帆船、楼阁、林荫、曲径通幽的小路,都是人活动密集的所在。在以水运为主要交通方式的时代,洞庭湖边,人的存在大概就如同我们今天在火车站、机场看到的络绎不绝的人流。

仍然回到庆历六年(1046 年)那个秋凉如水之夜,范仲淹端详着画。他一会儿看看楼,一会儿看看水。这幅画应该是竖轴的,上下流动的水波,让画幅得到延伸。他的视线仿佛穿越舒缓的线条和纸幅的局囿,从一个有限的视域里,看到了洞庭湖的朝晖夕阴,看到了水的波澜不惊,也看到了岸芷汀兰、沙鸥翔集、锦鳞游泳。

在敞开的思绪里,同为天涯沦落人的范仲淹一时难以掩抑内心情感的涌动。范仲淹看到了来自好友内心深处那股执拗的勇气——这看似微弱实则强悍的勇气,必然成为那个朝代最珍贵的所在。他用"不以物喜,不以己悲""居庙堂之高则忧其民,处江湖之远则忧其君"来评价好友滕子京,其实也是在安慰自己、表达心迹。"名以召毁,才以速累"是他在滕子京死后所写的《天章阁待制滕君墓志铭》中的话,意思是说滕子京是一个既有名望又有才气的人,然而他"性疏散,好荣进""负大才",又"豪迈自负,罕受人言",所以"为众忌嫉",招人谤议。天章阁待制相当于宫廷中的"图书馆长",这是滕子京所获的最高官职。但略窥其政绩,他又是一位为国为民"保边兴利"的历史人物。

一个人,一群人,心迹皆在敞开的思绪和飞扬的文字中袒露。

《洞庭秋晚图》成为范仲淹打开视野的一个动力原点。然而它出自谁之手，究竟呈现出什么样的面目，已经无迹可寻了。它仿佛一阵风，为催生《岳阳楼记》而存在过，而后悄然隐遁于茫茫夜色之中。

　　许多次站在岳阳楼前，观闻洞庭湖的夏涨冬落，奔流不息，年复一年，汩汩涛声传递的依然是家国天下的情怀。而那被水带离的，不仅是不复返的时间，还有那些隐藏在时光角落里的秘密。因为秘密，岳阳楼便有了多变的叙说。

从清晨到日暮

中央大街很早就醒了。

从入住的马迭尔宾馆拐出,一群鸽子散落在空旷的街面上,发出欢愉的咕咕声。偶有行人从鸽子身旁经过,它们也不怵,笃定地在"面包石"的狭缝里觅食早餐。凸起的方石发着青光,有点像俄式小面包,这是1924年的春天,一位名叫科姆特拉肖克的工程师用花岗岩雕凿而成,然后铺在这条长街上的,造价是一块"面包"一个银元。初次走上中央大街的外地人,我想都会为一眼望不到尽头的凹凸有致惊叹,脑海中浮现一幕场景:高大的马车驶过,立刻响起马蹄敲打"银元"的咯哒之声。浓荫茂叶的糖槭树两旁,数十栋欧式建筑也变得挺拔起来。

我去过许多城市,没有哪一条街矗立着这么多栋有历史记忆、异域风情的建筑。一个多世纪前,这里只是松花江畔的小渔村,放眼望去,古河道和草甸子荒芜且泥泞,负责修筑铁路和城市建设的中东铁路工程局把这片荒芜"打发"给了替他们工作的中国人,所谓的中央大街原来只是中国人住的中国大街,直到1928年才正式改名"中央大街"。外国商人很早搬到这里忙碌生意,大兴土木,留下了保存至今的以文艺复兴、巴洛克、折衷主义等为代表的不同建筑风格的欧式建筑,后来成为哈尔滨著名的商业一条街。漫长季节里的事物和故事,就藏在这里的每一块方石和每一栋建筑里。它们以密码交织而成时间的二维码,隐身于哈尔滨这本城市之书中,每一页都是明与暗、昼与夜、欢乐与悲伤的交替。

我相信一个人从中央大街出发,从清晨到日暮,是走进哈尔滨的最佳方式。

当觅食的鸽子在空中盘旋几圈后,哈尔滨的大街小巷就真正热闹起来了。横穿中央大街,马路对面是红专街早市,我没想到,时间还不到6点,摆摊的人和赶早市的人已经川流不息。一长溜摆摊设点卖早餐的、手工馄饨、肉夹馍、水煎包、土豆丝卷饼、风味蛋堡、泡馍羊杂汤、安徽板面,最被人青睐的尹胖子油炸糕摊前,排起了购买的小长队。早有耳闻红专街早市物美价廉,蔬菜、服装、食品、日用品,远远超过南方早市的范畴,似乎应有尽有。有一种东北特有的小水果甜菇茑,嫩黄色,果皮光洁,裹身在一张薄膜里,我猜这是萧红笔下写到的"菇茑"。卖主见我走过,连忙剥开让我尝鲜,小果子先甜后酸,口留余香。还有一种当季的豆类,品种多,取名特别有趣,黄皮的叫黄金钩,红的叫红钩子,绿的叫后弯腰,每一种顶端都带着一个弯钩,鼓鼓胀胀,是北方餐桌上市民钟爱的时蔬。哈尔滨的烟火气,像一蓬生长旺盛的草,一下就沿着这条早市街点燃了。

中央大街的北端是防洪纪念塔广场,广场广阔而敞亮。天上一寸光,松花江面万顷光。穿城而过的松花江,留下了城市湿地,这个"绿肺"也成了一条运动长廊。打拳踢腿的大叔、广场舞大妈、太极运气的、打乒乓球的、练举重的、慢跑的,各式各样的晨练添了江畔声色。街头公园的角落,则聚集着一群群不同声乐、舞曲的爱好者,悦耳的笛声、悠扬的萨克斯、深情的口琴、手风琴,合奏着日出的欢迎曲。在作家梁晓声的记忆中,早晚的松花江边,吹拉弹唱,摩登得很。在长久的时间里,"摩登"成了哈尔滨的一块底色。我顺着江水的流向漫步,与岸边的榆树、柳树说话,与江上时歇时飞的水鸟招手,江面被风拨动的浪花，每一朵都是崭新的。哈尔滨的四季，是松花江畔风霜雨雪的自然景致，也是热气腾腾的世情生活。

离中央大街很近的索菲亚教堂外，总有人仰望流连。洋葱头似的穹顶，像一颗正在发光的太阳。被照亮的金色十字架立在绿穹顶之上，素朴的砖红色外墙，不用去看教堂内的建筑艺术展陈，仅是看到那么多扇拱券高窗和雕刻精美纹饰的砖墙，就是一种艺术享受。建筑是人写下的城市哲理诗，时间里沧海桑田的细节与遽变，它们成了见证者与讲述者。秋林公司铜钟式的橄榄顶、民益街的老门楼，这些老建筑为城市之光所擦亮，也互相辉映，蛰伏或跃动在这座城市的日光流年中。

十月的哈尔滨，寒露一过，天就黑得早了。下午5点不到，夜色泼墨般地布满了天地之间的画纸。我坐在中央大街的街沿石上，看夜晚是怎样黑下来的。借着尚未合拢的天光，我翻看朋友赠送的老画册里的灰白照片，不是黑白，确定是灰白的色调。从哈尔滨开埠起，这座搭上近代工业革命列车前行的城市，显影于百年老字号的荣光、洋街风情、太阳岛风景、侨民生活之中……在渐次亮起的路灯下，岁月走过道里道外的坎坷，灰白影像里的故事，一直讲到了今天。

夜晚的中央大街有着从容、松弛的热闹。曾经摩登的马迭尔宾馆像个阅尽世事的长者，往来食客穿梭于街面的怀石料理、麻辣面馆、俄式餐厅、市井火锅，十字街口的马迭尔冰棍店排着长队，各式商店的落地橱窗流溢着五彩缤纷的光亮，让长街有了长袖挥舞的动感。而到了冬天，大雪纷飞，街上则是另一番风景，冰灯闪烁，如繁星满天的童话世界。南方雪期短，我从没见识过冰灯，只能依赖想象来丰富对北方冰雪世界的感受。作为现代冰灯的发源地，我在哈尔滨冰雪文化博物馆，只是欣赏五花八门的冰灯照片，也算大开眼界了。冰为身，灯为魂，从"喂得罗"制成的空心冰砣中插着点燃的蜡烛而引发的冰灯灵感，从冰灯、雪雕、冰灯游园会到冰雪节盛事，让人心动、震撼的冰雪，是哈尔滨的一面镜子、一个代名词。第一届冰灯游园会始于 1963 年，至今办了几十届，每一届的主题和雕塑各有千秋，这不得不佩服哈尔滨人游弋的想象力与卓越的创造力。大自然的馈赠，人的智慧倾注，都在时间的延绵里获得叙说、流传。而在烟火漫卷之外，来自冰天雪地的创新智造，是哈尔滨的另一张鲜亮的面孔。当我参观完数百家科研机构、高新技术企业落户的深哈产业园、中国云谷，欣赏人机交互带来的智识智趣，才感受到东北老工业基地核心城的引领与前沿、海纳百川与涅槃再生。哈尔滨所创造的科技之高、之重、之快、之新，给了我们站在中央大街上感受深重历史之外的广阔与轻盈。

只有去过哈尔滨的人才知道她有多美。这里的"美"在每一个平常又不平常的日子里度过，是有着多重含义的。与这座城市有着多种关系的人们，出生、成长、客居、旅行、离开、返回，最终构成的是记忆、理解和热爱。一个人对一座城市所积淀的感情，无论其普通或非凡，都会贡献一种符号价值。哈尔滨人是通过建构自己的坐标，来建构东北城市新的形象和精神符号。

我站在中央大街上，仿佛对哈尔滨拥有了一种深切的情感。属于她的建筑、颜色、声响，属于她的科技、创新、变化，被一页页日历翻动。这座全国最早解放的大城市、这位"共和国长子"，哈尔滨的魅力，绝不只是一件事物、某一个人，而是一个个群体；是建筑群，是风景风物风情的不同组合群，更是人间烟火的群。所有的日常与新变，是深扎在城市的历史传统、烟火生活之上的，是与时代同行又占据着科技优势的，是哈尔滨人热爱这片土地又激情创造的。同行的年轻记者是土生土长的哈尔滨人，她口音重，总是把"哈"读上声，常常被我听成"好"。那就是"好尔滨"吧。于是我与朋友们说，我知道一座叫"好尔滨"的城市。

八廓街旋律

一

清晨，八廓街静悄悄的。

吉日一巷十一号，是玛康大院所在地。整幢大院有 62 户人家、135 人。早起的居民扎巴，推开东边的窗，听到街上往来者的私喁、店铺播放的音乐、院里的开门下楼声……

声响渐起，流聚成高原上的八廓街旋律。扎巴的每一天，就是在这旋律中开始的。

扎巴的印象中，这些年，街上人流不息，四面八方来此做生意的人也越来越多，八廓街成了拉萨城内一条有名的商业街。

扎巴和院子里的很多邻居一样，就是八廓街上的一名生意人。出门下楼，遇到几位邻居，有人打招呼，他热情地回应着，一边穿过走道。

年长的邻居贡觉赶在后面喊："扎巴，上午 10 点参加卫生清扫。"

扎巴记起来，又到了玛康大院一周一次的清扫时间。他边走边回头："好的，我出去一趟就回来。"

一晃眼，扎巴一家在大院里住了 30 多年。前几年，他买下 4 楼东南角的房子后，主动申请帮社区给左邻右舍做点服务工作。原本就爱笑的他，脸上的笑容更多了。大院像个大家庭，邻居们平时各自忙碌，但逢年过节，扎巴都会端出妻子亲手做的代表五谷丰登的"切玛"，给邻居们送上门，有时也邀请他们相聚一起欢庆节日。

1987年，扎巴还是墨竹工卡县的一位农民。刚到拉萨，无亲无故，扎巴起早摸黑，帮人家的菜地种菜，搬运货物，在餐馆当帮厨，给商铺做售货员。结婚后，他和一起打工的妻子决定，在玛康大院租一间房子住下来。

玛康大院最初条件简陋，但是较完整地保留了拉萨老建筑的传统面貌和居住方式。里面的住户互不相识，语言沟通不便，风俗也有差异，平时较少往来。扎巴记得，刚租住时，每天要起早取水，满大院的人用水就靠院子里的一口井，不久有了公共自来水，再后来，家家户户都通了自来水。现在那口井早没了，井所在的位置栽了一棵小柳树。在八廓街道的管辖区，像玛康大院这般聚居各族群众的大院有近200个。到拉萨经商、工作的外地人中，有2000多人长期租住在这些大院。

妻子比扎巴出门还早。她在八廓街上做环卫工人，这是社区给介绍的一个公益岗位，每月有几千元的固定收入。他们的女儿德庆白姆前年大学毕业后，在拉萨布达拉旅游有限公司找了份工作，儿子洛桑顿珠也已经读大学了。"等儿女都有了工作，家庭经济条件会越来越好。"扎巴是这么想的。忙忙碌碌的他现在终于不用那么奔波了。

认识扎巴的人都知道，他心地善良，做生意不欺生也不瞒骗，经手的老物件、旅游工艺品，很快就能出手，一年下来也有4万多块钱收入。在冲赛康的生意人中，他赚钱不算多，但他乐观，不叫苦，脸上总是笑呵呵。扎巴经常淘货进出的冲赛康市场，是拉萨最大的小商品批发市场之一，市场内有大中小型商场8家，共有各类商铺400多家，每天的客流量达两万多人次。

二

进玛康大院的过道不长，贡觉正弯腰抹洗着刷着绿漆的过道墙。大院中间的天井已经打扫得很干净了。62户人家就分散住在这个回字形的4层居民楼里，每家每户外有公用走廊，房子面积有大有小。刚从外面回来的扎巴撸起袖子，从公用水槽端起水盆，拎起湿巾，动作麻利地擦洗着院子里的玻璃房门窗。

一进大院，街上的喧闹被过道隔离，显得很安静。公用水槽四周种了很多花草，花丛围绕的这间5平方米大小的玻璃房，是大院的值班室，墙上贴着街道社区干部等工作人员的照片，照片上的扎巴笑眯眯的。花草中，有一种八瓣花长得明媚惹眼，落落大方，半人多高的植株上开了十几朵，在蓝天和刷白的屋墙映衬下，格外美丽。

住2楼西头的居民拉巴规桑也下来打扫卫生了。他父母早些年多病，日子过得紧巴巴的。社区关心困难家庭，他被聘请为社区治保队员，儿子在一家加油站当安全员，儿媳妇前两年考到那曲县当乡镇干部。日子一天天过得丰足起来。他们家又逢喜事，刚添了孙女，拉巴规桑的妻子在家忙着照顾，他就下楼来参加劳动了。

"拉巴规桑是个内向的人，平时说话少，但人实在得很。"扎巴笑着说，"他是在玛康大院出生长大的，看着院子一天天发生着变化，更有发言权。"

拉巴规桑印象特别深刻的是，母亲去世办后事，左邻右舍都来帮忙，有的端茶倒水，有的做饭送饭……办完后事，拉巴规桑一一登门致谢。邻居又来回谢，原来有的人做生意归家晚，拉巴规桑的妻子常常帮着接孩子、领回家做饭吃。邻里之间一来一回，感情很快就拉近了。

扎巴早上外出，是去附近的六号院，给生病的江多送了一点家里做的酥油茶和点心。拉巴规桑抹着玻璃，问他："江多的病好些了没有，生活上能自理不？"

"病要慢慢养，比之前好了许多。"扎巴回答。去年底，他闲谈中无意得知江多生了病，不能下地行走了。热心的扎巴到了江多家，看到他的小腿皮肤变色，浮肿厉害，心想这可不是小病小痛，赶紧联系送去自治区人民医院。医生诊断为下肢动脉粥样硬化、大隐静脉曲张，需要住院治疗。原本收入就不多的江多犯了难，这时候扎巴二话没说，帮助江多掏了1800多元医疗费。

患病的江多引起了社区的关注。社区组织居民代表、居务监督委员会成员等，专门开了个关于从集体经济中资助江多医药费的意见征求会。大家一致同意从集体经济中出资5万元，帮助江多进一步治疗。随后，驻社区工作队又赶往昌都办事处，合力帮助解决江多参保及医疗报销等问题。

那段日子，扎巴和社区干部、大院邻居轮流上门照顾江多，直到江多的医保治疗问题得到解决。

三

八廓街入口处，矗立着一座石碑，碑旁有截残存的千年柳树根，几年前又长出了新芽，有人称之为唐柳或公主柳。

玛康大院里也种了一株柳树，就种在原来的水井取水处。扎巴说，八廓街上各族兄弟合伙经商的有100多户，都很和谐友好，这条街上有很多民族团结的佳话。

每一天来来回回，八廓街的每一条巷子，扎巴都走过。寒来暑往，早出晚归，一日三餐，扎巴的记忆中，很多发生在街上、大院的故事，沿着曲曲折折的街巷四处流传——

60 岁的夏帮华从内地到拉萨做生意不久，有一天夜间儿子高烧不退，神志不清。邻居巴桑二话没说，深夜蹬着三轮车把人送到了医院。

菜兴大院的老夫妇许普金和张淑英，20 世纪 80 年代从江苏来拉萨经商，两年前一个遭遇车祸，一个重病卧床。幸亏热情的邻居们伸出援助之手，才使举目无亲的老人走出了生活困境。

疫情期间，好家乡商行的马哎木率先捐赠了两千多元的消毒液和洗手液，帮社区干部发放到居民手中，对居民大院重点部位进行消毒。在他的带动下，很多商户也纷纷捐款捐物，帮助大院困难群众买米、买油和消毒物品。

社区的集体经济来源就是办公楼下的爱心饭馆，对外经营，安置了 25 个低保家庭的成员就业，有厨师手艺的每月工资有 7000 元，少的也能拿到 3000 多元薪酬。

"尽管居民的生活习惯、语言、风俗不同，但大家互帮互助，相处得很和睦，就像兄弟姐妹一样，大院就像一个大家庭！" 5 年前考到街道办当宣传干事的青海藏族女孩次德吉每次到大院走一趟，都特别受感动。

四

2020 年 7 月 10 日晚，话剧《八廓街北院》在西藏拉萨藏戏艺术中心与公众见面。这部打磨了几年的话剧，讲述了位于拉萨市中心的八廓街北街，居住在此的多民族邻里之间，围绕一口有数百年历史的老井，在跨越 40 多年的时代变迁中和睦相处，走向日新月异幸福生活的美好故事。

这天晚上，扎巴和女儿去看了演出，回来后连连说排得好，就像是讲身边的事。他还能从中找到八廓街上一些熟悉的身影和经历，"看起来是小事，但每一件事都那么有意义"。

次德吉告诉我，这部话剧是中国儿童艺术剧院导演吴旭援藏后的作品，与西藏话剧团进行了7次修改提升，体现了同心共筑中国梦的故事。2020年5月1日，《西藏自治区民族团结进步模范区创建条例》正式施行，以"共饮一井水，同为一家人"为主题的话剧《八廓街北院》也以全新的姿态展现在观众面前。

看完演出，扎巴笑着跟我说："您到八廓街大院多走一走，比舞台上更丰富。"我也笑了，心想他说得对，生活是最丰富、最精彩的。

院子里，不知谁家播放起《一个妈妈的女儿》，这是在庆祝西藏自治区成立40周年的一场文艺晚会上，著名歌唱家李谷一和才旦卓玛合唱的歌曲，唱出了"团结进步、繁荣发展"的共同愿望。一晃过了10多年，这首歌在西藏早已家喻户晓。

扎巴也跟着哼唱起来，然后掰着指头和女儿一起算账：去年一家的年收入有15万元。我问扎巴，有没有想过搬离大院？"住习惯了，街坊邻居也熟了，孩子们也舍不得离开这里。"扎巴冲女儿一笑，"党中央带领全国人民致富奔小康，玛康大院，八廓街上所有的大院，会生活得越来越好！"

锅碗瓢盆，家长里短，酸甜苦辣，对美好生活的向往……仿佛多彩的音符，和着人们穿梭的脚步，奏响了八廓街上温馨、和谐的旋律。

为一条山路命名

步行是认识一座山的最好方式。沿着溆水的支流进的雪峰山，山道弯转，向着未知地前行。傍路的水流叫不出名字，河面时宽时窄，大雨初晴，水呈一团墨绿，山影倒映，长了许多毛刺，如同一面很久没有打磨的铜镜。时间的铜镜，是在山路上被人的脚步一点点擦亮的吧。

山路弯绕，四处探望，每一条沟壑、每一道褶皱都是上山下山的路。莽莽苍苍的绿色山体，随着山路起伏延展。丛林深茂处走过些怎样的时光、人事，我充满好奇，想象那些曾经在崇山峻岭的山路上走过的人，匆忙的商旅、赴任的官员、游吟的诗人。我是被一位退伍军人引领着进山的。他几年前从山外回来，却像深居的山民，通往雪峰山的每一条路都因他的讲述而在我眼前打开。

位于湖南中西部的雪峰山是三湘大地上延伸最长的山，古称梅山，著名的雪峰山抗日会战就在这里打响。到一个地方，我喜欢找一个高处，看山的走向，找那些在丛林和流水旁开枝散叶的路。他提醒我，入住的千里古寨，步行 10 分钟登顶可以看日出。次日贪睡，时间略迟，走到山顶，已是日光喷薄，层林尽染。没看到日出，但辨出了山是从西南往东北走的，坡岭长有成片的毛竹、马尾松、水杉，也有华南栲、紫楠、银木荷。后来在山背，我还认识了枹栎和水青冈两种能长到一起的树，如同一对厮守到老的夫妻，淡定地看着山中时光流转。

大山阒寂，从山路上走过，脚可以探测到时间的心跳和消失之后残存印迹的温度。山路之上，时间是隐匿的，又是显露的。人走过的地方就有了路。人来车往，这几年也修了不少新路，但说得最多的是那条茶马古道。上山途中，他指着诗溪江畔洞垴上的山路讲古。过去山中盛产野生茶叶，贩茶人就沿着凿在半山的路将茶叶运出去。后来，桐油、茶油等土特产与中原及沿海地区的食盐、布匹等日常品交易，也是从这里通往外面的世界。人用脚测量山的高度，行走的路连接大山和世界，也连通漫长且广袤的时空。

山路两边山岭陡峭，板岩、灰岩、细砂岩等组成的地层裸露在外，崖壁显得古老。山有山路，水有水路。雪峰山是不缺水的，平均海拔1000余米的山岭间，细溪清冽，山民吃用的是纯净的山泉水。流水奔赴远方，巫水、溆水、夷望溪、平溪、辰溪，这些声名在外的沅水、资水的支流，都是从雪峰山出发的。茶马古道身侧的诗溪江，更是流水潺潺，宽窄缓急，叮咚有声。"你看那像不像屈大夫？"我搜寻着石头的模样，想象那位迷不知返的诗人出现在眼前，某个惊喜的瞬间，像是"认出风暴而激动如大海"。

走在山路上，就是走在记忆的时间里。这条仅长1.5公里的青石板游步道，经过他的改造和布景，一条在脚步下极易被忽略的山路就有了历史感。定神细思，被过往的马蹄、裸露的双脚和探路的木杖走过的山路，却是辛酸旧事、艰难行程，也是意志考验、精神磨砺。从战国时期南方最长的古驿道，专用于粮草物资运输、军情传递，向着城郭、市井之处延伸，变成通往欧亚万里茶道的必经之路，上达黔、川、滇、藏，下连新化、安化，入洞庭而转长江。人来人往的必经之路，定是马帮喧闹，铃声悦悦，欢颜笑语。这些声音，从两岸山石耸立的峡谷中穿风而行，也定溅起过诗溪江上的水花。但在更多的时光里，这条山路连接的是拐角、分岔路口、十字路口、探险小道和荆棘密布的丛林，曾经的贫困似乎是大山画地为牢的魔咒。

　　山路唤醒记忆。一刻钟时间，就能从铁索桥走到古驿亭，亭子立于半山腰，曾是商旅行人歇脚纳凉之地，战火纷飞的年代，也是红军招兵扩编开始长征的出发地。亭子四壁挂着宣传标语，立着人物塑像，"为穷人打天下"的朴素信义，向人昭示着一段难以忘怀的红色往事。1935年11月，贺龙、任弼时、王震、萧克率领的红二、红六军团开拔长征前在雪峰山休整招募，有3000名雪峰山的儿女加入到了红军的队伍。他们沿着崎岖山路四面赶来，又从这条被梦想照亮的红色山路出发，如同一滴山泉汇入时代的洪流。

　　一座大山的偏远，既是自然生态的馈赠，也是贫穷的锋利相向。山中岁月不居，贫困似乎没从山路上离开过。那些奔向外面的人，与年过半百回到山里的他，有着相同的困扰和坚定，都是对改变贫穷的向往。我喜欢与山路上相遇的人攀谈，他们的脚底沾着泥土，裤兜装着山里的故事。这些故事里，我总是能看到他的身影。皮肤黝黑、个子高大的他笑眯眯地和人打招呼，山民见到他也是笑眯眯的。他披着蓑衣赤脚踩在田里犁田插秧，是个比农民还地道的好把式。有人说他是带着"以山为家"的梦想回来的，这位退伍军人真就把家建在了半山腰……

　　他年轻时当过山里的架线工，那些既熟悉又陌生的山路，被他每天踩在脚下，山山岭岭被他的脚步点燃。几年过去，他在走路，也一直在修"路"。文化旅游开发、生态保护、产业脱贫解困、新型模式振兴乡村……这些看似遥不可及的概念，变成了一个个生动的变化。贫困的山背、阳雀坡、穿岩山，摇身变成了网红打卡的旅游景区，农民变员工后拿到了过去不敢奢望的固定工资，山里人的资源变作了公司化运作的资本。在外打工的人回来了，旧居新楼都亮堂起来，10余万山民做梦都在想且多年寻找却找不见的一条新路在脚下打开了。

　　有人看到他会说："雪峰山的黎明来了。"一语双关，这位叫陈黎明的战士、诗人、企业家……在众多的身份里,他只给自己一张标签:雪峰山的子民。他专注地做着一件自己喜欢做的事,做着能为内心提供源源不断正能量的事。他用行走丈量、改变每一条山路,山路就跟随他的行走讲述着绵延的故事。两天,不足以让我了解他,但山路所见已经告诉我他是个怎样的人。他自信的微笑里散发出令人嫉妒的魅力。他沿着山路迎面而来,似乎就让人看到一团朦胧的光在山林间跳跃。那不就是属于雪峰山从未熄灭过的梦想之光吗?

于他而言,山路代表的是雪峰山时间里某种刻骨铭心的经历。山路两端看不到尽头,晴空绿荫下,像是一条发光的线条弯绕着通往远方。徒步的他和那些山民,为走过的每一条山路命名。山路在风中发出声响,是历史和时代的呼唤,也是人的呼唤。那铿锵的声响还会沿着山路一直往前,到人的脚步不会停歇的地方。

大湖消息（节选）[①]

那个早晨有些异常。霜冻尚未化开的旷野寂寥无声，风锋利得像冰碴，从房屋、树篱、林子里跑出来。一只没看清模样的飞鸟，像刺眼的光扫过，轻拍翅膀，沿村庄的边界飞过长堤，隐约留下几声尖细的呼叫，向南飞去。

2015年元旦过后的第三天，一支越冬水鸟调查小分队抵达七星湖。小分队以东洞庭湖湿地保护工作者为主，我是小分队的编外人员。在湖区生活多年的我，却还是第一次真正地深入到湖的腹地。

几个小时后，我们遇见的毒鸟人，秃顶低垂，脸色煞白，呼吸急促，喃喃自语："昨晚做了个噩梦，梦见一条船直接撞上了我。"

那条梦中飞撞而至的"船"，说的是我们吗？

东洞庭湖空旷无人的"心腹"之地，七星湖水域冷风凄厉，一年一度的越冬水鸟调查的任务是观测当年飞抵这里过冬候鸟的种类与数量，进行鸟类保护宣传，兼顾观察湿地生态变化。我们压根就没想要遇见他，还有被拔光羽毛的两只豆雁、一只天鹅，这无论如何也难以让人联想起它们飞翔时的美丽。

沮丧的毒鸟人坐在隔舱板的面梁上，双手夹在两腿之间，十根手指

[①] 节选自《人民文学》2022年01期。

绞在一起。第一次见到纹路如此苍老复杂的手。蒲滚船突然发动，他的身体急遽前倾。那只手像一只刺猬，披铠戴甲扎过来，我站立不稳，无处闪躲。清早那尖细如冰针的叫声，似乎从没离开过我的耳畔，风声中它变得更加锐利，像成千上万的翅膀密匝匝地扑腾过来。

夜色入冬，薄雾拂卷，阒寂覆盖。

毒鸟人的惊醒之夜，我们刚刚抵达那个离城百余公里的小村庄。

穿过村庄，翻上长堤，洞庭湖咫尺之间。东经一百一十度，北纬三十度，是洞庭湖的主坐标。这一经纬度上的冬天，湖水退去，广袤的湖洲湿地一片苍茫，草苇疯长，坑洼与水沟交错，牛蹄踩出一个个坚硬的脚印，小路上泥辙结冻，像伸向湖心的轨道。

没有人会相信这就是上下天光、一碧万顷的洞庭湖，太瘦了，如同几条分岔的干涸的河流。有据可查的档案记录里，湖一年年做着"瘦身"运动。《水经·湘水注》中是"广圆五百里，日月出没其中"，唐宋诗文中频繁出现的是"八百里""天下水"，也是"横无际涯""水尽南天不见云"。它已经是一个无与伦比的大湖了，到了明代嘉靖、隆庆年间还在长大，原因是长江北岸分江穴口基本堵塞，水沙分泄，湖面扩张，往西、南延展出了后来的西洞庭和南洞庭。清道光年间《洞庭湖志》中，全盛时期面积有六千平方公里，差不多是现在的三倍。那张传播印刻的《广舆图》，描绘的是湖的全盛期和最大值，此后步步走向湖的衰落。

水去了哪里？水又是从何处而来？似乎每个此刻站在此地的人，都会问这两个最简单也是最复杂的问题。

有来水才有去水。洞庭湖的南北两大来水，早已在郦道元记载的"同注洞庭，北会长江"和范仲淹吟诵的"北通巫峡，南极潇湘"中予以印证。北水是城陵矶以上的长江来水，主要是长江荆江段，其实"衔远山，吞长江"中一个"吞"字已道出了江与湖的亲密关系；南水是长江支流的湘资沅澧四水，它们都是先入洞庭湖再去往长江的。洞庭湖于是就变成了一个大口袋般的调蓄湖。但水是不分先来后到的，有时络绎不绝，有时蜂拥而至，加上雨水充沛，如同汪洋大海的湖面会变得格外好看，但"好看"的背后，是每到汛期湖区老百姓的胆战心惊。

在北斗卫星地图上，湖像一片蓝色的大地血液，在看似巨大实则狭长的动脉血管中流动。再定睛细看，流动的却是一个毫无规则的多边形，轮廓线豁牙硌齿。20 世纪 20 年代开始，热情参与围湖造田的人们，像蚕一般细细密密地啃噬着洞庭湖这片巨大的桑叶。千里湖洲，百里沃野，顺水而来的开荒者，赤膊吊膀，或者一担箩筐挑着儿女和全部家当，跟着春天一起到来，插根扁担在金子般的泥地里，三天就能"发芽"。这是当地人对开荒年代的形象比喻。

入湖泥沙淤积量大于湖盆构造下沉量，泥沙淤积，平衡状态打破，湖泊变洲滩，洲滩变垸土和湖田，人进水退，人与水争地，插秧插到水中央，大湖萎缩加速，滨湖堤垸如鳞，弥望无际。水所能打开的想象被不知不觉地划块分割，向往的终点是叹息声起处。自然与人之间的矛盾，在物欲"满血"的年代，没有谁能一下把紧紧缠绕的结解开。这个结包裹着形形色色的利益，还有各式各样的桎梏、伤害、遗忘与抛弃。湖所承载的那些气象万千的美好，通江达海的往昔，伴随候鸟的漂泊、流浪、冒险而变得破碎与脆弱。

我们去往的是天鹅最钟情的七星湖，在东洞庭湖西南角。

从市区出发，走省道、乡镇公路、通村公路，一百余公里，路从开阔到狭窄，从平坦到颠簸，途中要花三个小时。挤在我身旁的一老一少，都是东洞庭湖保护区的"老将"。年轻的姓余，皮肤黝黑，左脸颊有一道颜色更深的疤槽。他是保护区下设七星湖管理站的站长，后来一介绍才知竟然是"80 后"，疤槽是巡护途中从摩托车上摔倒所致。问他这条路线一年要跑多少个来回和此地鸟的多少、观鸟要领……他只言片语，不无乏味。

倒是"元老级"的老张话多，愿意满足我的好奇——护鸟的艰苦、打击毒鸟者的艰辛、湿地环境不为人力所能改变的艰难……

老张回忆他那些残缺的经历，在狭小的讲述空间里缠绕成一团沉重的情绪。老张说起20世纪六七十年代，村里有专业的猎捕队，县里会收购鸟羽出口，后来有了禁令，有了湿地保护工作人员巡查监护。但那些冬天困守在湖滩不上岸的渔民，会放呋喃丹毒鸟；那些冬闲无所事事的湖区周边农民，会偷偷扛着猎枪、土铳、高压气枪恶作剧般打几只鸟打打牙祭；还有一种网眼细密的捕鱼工具迷魂阵，被隐秘地安插在鱼虾洄游的必经之地，只进不出，伤害极大；有些废弃的网埋在水中，日子久了，水退之后，常常又缠住觅食的鸟，有翅也飞不起来；城里郊外的餐馆明中暗里兜售野味，满足人们的口欲，有暴利可图，就有了毒鸟的团伙犯罪。而更久远之前，老张说祖父辈遇到湖上自然死亡的大雁野鸭，都会捡起来挖个土坑填埋，随手折段柳枝插在坑头上。他这辈子最恨打鸟毒鸟的人，前些年一桩恶性打鸟案，触目惊心，现场遍地白羽，像刚下过的鹅毛大雪，鸟睁开的眼睛就如同雪地上踩出的黑洞洞的脚印。

"不是我们没管事，是湖太大了，总有管不到的地方和时候。"老张说东道西，记忆碎片像一只只漂流瓶顺水流远。

采桑湖是我们的必经之地，也是这片湿地保护的核心区，从十月、十一月至次年的三四月间，随着枯水期的到来，湖底袒露，湿地天成，恰好成为北方候鸟的最佳迁徙越冬地。住在这里的家户并不多，这几年集中迁到了镇上或安置小区里，剩下的老房子都是一个个的院子，有些勤快的主人用砍下的粗细匀称的树枝扎成一圈树篱。夜晚打上霜的树篱，在薄雾飞散的晨光里，发出白珊瑚色的光，给村庄添了些冷清。再过些时间，太阳出来后，树篱上挂满晶亮的水珠，田野也湿漉漉的。我多次来到这里，和那些渔民、志愿者、观鸟者擦肩而过。湖岸扭着身体消失在视线尽头，运气好的话，肉眼越过阳光弥漫的雾障，就能看到鸟飞翔或降落的身影。

湖洲外滩浮动着一片沉甸甸的银灰，偶尔太阳挣出云层，银灰里又掺进些金黄、古铜和锈红。天地间的灰白变得更浓稠，冬天的湖面瘦得更狭窄、遥远。有的路面落满了枯叶，车轮碾过，发出碎裂的声音。

水天一色的远方，候鸟并非想象中那般密集。流线型的体廓，飞羽和尾羽组合成的飞翔利器，鸟十分享受它的飞行特权，也使得它为人所喜爱。一群豆雁星点般撒落，在轻快掠起的飞行中，发出闪烁的微光。偶有形单影只的头上一撮凤凰般艳丽色彩毛羽的凤头䴙䴘、琵琶形长嘴的白琵鹭在近处的湖滩优雅踱步。几只针尾鸭夹着如箭镞般翘起的"拖枪"尾巴，混迹于一群肥大的罗纹鸭中。黑色的椋鸟群，像个紧攥的拳头，在惊马奔逃般的甩身中，给天空镶上流动的黑边，又总有几只掉队的同伴，沮丧地看着高高飞走的队伍。还有几只麻灰色羽翼的苍鹭，弓着颈，好几个小时一动不动地在浅水里站成一尊雕像，直到游过来鱼虾、泥鳅，才会将细长的尖喙刺过去。在本地人眼中，这是一种懒惰的鸟，渔民给它取个绰号叫"长脖老等"。

我的背包里有一本便携版的《中国鸟类图鉴》，虽然比不上《中国鸟类野外手册》丰富，但一千二百种鸟的图片已足够查对洞庭湖上能看到的候鸟。插图中的各种水禽鸟类，色彩丰富且纤细入微，如见实物。

体表披覆羽毛、有翼、恒温、卵生，鸟的一切生存之道都在这些特征下展开。毫无疑问，所有迁徙的候鸟都是富有冒险精神的勇士。每年世界上有几十亿只候鸟在秋季离开繁殖地迁往更为适宜的栖息地，而人类的目光很早就关注到候鸟的迁徙。两千多年前，古希腊动物学家亚里士多德说过，秋分以后一些鸟类由寒冷的国家飞向邻近或更远的温暖地区。我国秦汉时期也有文字记载，《吕氏春秋》曰："孟春之月鸿雁北，孟秋之月鸿雁来。"我还清楚记得的是我那位知识渊博的中学语文老师，其从鸟类学家的词典中翻找出三个名词板书在黑板上——留鸟、候鸟、迷鸟。

"候鸟是最具责任感的父母，它们要保证繁殖育雏期是在最有利的季节环境里发生。"

"恋家的留鸟不懂飞往他乡的乐趣，是故乡的忠实守候者。"

"迷鸟随遇而安且忘记故乡，它的经历足以写出一部风雨颠沛的长诗。"

忘记故乡，不也同时拥有了另一个故乡吗？

天气预报没提到有雨，但我们赶到一个叫注滋口的小镇时，阴霾的天空却飘荡着几丝细雨，从我的脸颊上一划而过。

小镇倚靠一条枯竭的河流，一大片积雨云在河的西北面集合，然后扇面般展开，像千军万马奔杀过来。这是一个与我的家乡极其相似的地方。水运掌握地方交通运输命脉的年代，这里船只来往，货物吞吐，流动着"小汉口"式的熙熙攘攘。从镇政府走过时，我看到大门口挂着一副对联：

地利扼华容，水陆双通，商贾繁荣小汉口；
文风延古镇，诗联再续，名声蔚起大潇湘。

过去的市井喧嚣，如枯叶簌簌扑落，那是"回不去的故乡"留下的共同记忆。街面上流动的身影，一瞬间竟让我仿佛又看到孩提时跟踪过的，从街上走过、从村庄的小路走来的孤独、踟蹰的身影。

那是一天中最安静的午后时刻，衣着邋遢的老男人从街上走过。在旁人的印象里，他性情孤僻，好吃懒做，一事无成，从未娶妻生子，长久以来与弟弟一家人住在一起，很不讨亲人的喜欢。他从偏远的村庄到镇上的次数不多，仿佛每次只是闲逛。那段日子，棉花地里正是一年四季最忙碌的节点，绵绵阴霾，虫害来犯，让棉农们叫苦不迭。老男人走进了一家卖种子化肥农药的商店，逡巡于玻璃柜台前，犹豫地打量着拥有千奇百怪名字的商品。店里的女营业员冷淡地睃他一眼，又专注于手机游戏的摆弄。良久，人们看到他拿着一包广为人知的呋喃丹走出来。

老男人原路返回时，就揣着乡下人俗称"呋喃丹"的杀虫剂。这种氨基甲酸酯类广谱内吸性杀虫杀螨杀线虫剂，学名"克百威"，杀气腾腾，威风凛凛，20世纪60年代初由美国创制，1967年推广，纯品为白色结晶，但多为紫色颗粒，溶解于水的温度底线是二十五摄氏度。按中国农药毒性的分级标准，呋喃丹属高毒农药，不能用在蔬菜和果树上，可用于多种作物防治土壤内及地面上的三百多种害虫和线虫。但不知从哪一天起，它被某个愚蠢的念头改变了用途，嗜杀成性的细小颗粒被抛撒在候鸟出没地带，一只只踱步寻食的鸟惘然不知啄入食道的颗粒见血封喉。细颗粒的危害性远远超出我的想象，鸟食入一小粒足以致命，中毒致死的小鸟或其他昆虫，被猛禽、小兽或爬行类动物觅食后，还会引起二次中毒而致死。

从事媒体工作的朋友谈起经历过的一起天鹅恶性死亡事件，他在七星湖的苇丛中亲眼看见几十只天鹅、雁鸭集体中毒。朋友讲述时情绪在震颤，仿佛乌云压积，等待雷电撕裂、暴雨冲刷那可耻卑劣的行径。毒死天鹅的罪魁就是呋喃丹，保护区的人把这种在阳光下会变紫色的颗粒说成是候鸟的"闪电杀手"。

老男人的毒鸟计划是在来小镇的路上萌生的吗？我宁愿相信那是他后来的"恍惚"之过。当我们到来时，夜色一步步驱赶着拂不散的清冽寒风。风紧刮一阵后慢下来，水波粼粼，每一块水域都变成了一条条发光的鱼。当声响骤然消失，大地孤寂无语，只有杳然消逝的翅膀划出的影子，像胸中吐出长长的叹息。

夜晚就这般降临到我们身旁。

远离人群聚集的七星湖管理站，正在垒砖砌瓦。屋后是一片枝叶稀薄的水杉林，一群椋鸟突然从林中喷雾般飞出、盘旋，又遮蔽了这片栖身的树林。我是刚认识这种朱嘴橙脚的鸟，它的头与颈部是丝光白色，胸和背是灰色，翅和尾是黑色，也带着点儿蓝绿色金属光泽。群飞的椋鸟，无疑是一道空中风景，像卷起的旋风和移动的云层。

晚饭后，我被安排住进一户农家超市。老板是一对胖墩墩的中年夫妇，自家的房子，二楼隔成几间客房，电视、热水、信号不稳定的Wi-Fi，一应俱全。我疑惑把住宿开在这种偏远之地的收入状况。

男的自信满满地说：“客人？当然有，像你们一样来看鸟的。”

"喊！"我心想，这地方如此偏远，除了专程跟着保护区的工作人员来，业余的观鸟夜宿者恐怕少之又少。

昏黄的天色被冷风剪成碎片，细雨发出银灰色的光，通往田野的小路上落叶凋零。椋鸟早飞不见了，散落在树洞或哪家墙洞里避风躲雨。饭后时间并不晚，外面却更早地变成一团墨黑，除了偶尔有小货车和归家的拖拉机驶过的声音，世界早已安眠。天空发出幽幽的蓝光，寂静凝固，我听到自己的心跳，仿佛旷野里群鸟低飞，传来深深浅浅的鸣叫。

喔啰！呜耶！

是我的错觉，整个晚上，没有一声真正属于鸟儿的叫声。

候鸟入眠，坐卧刺骨寒冷的野外，在湿地黑色硕大的子宫里，沉睡如婴儿，开始甜美的梦乡之旅。气温降到零度以下，仅靠羽毛的覆盖、蹼皮的包裹，鸟儿却能安然无恙。鸟特有的羽毛让人羡慕，那些色泽不同、柔软无比的羽毛，连同羽衣在体表形成的有效隔热层，是绝佳的保温"武器"。

度冬的候鸟中没有猛禽，自然看不到那如同满弓时射出的利箭般的身体。这总是有些遗憾，但对栖息的候鸟而言，它们少了同类的攻击，会多一些安全感。我看到过一只暮色里站在野外的白鹭,那一刻,它像一位长相清癯的神父,为了未尽的救赎,独自站在荒芜之中,毫无惧意。

所有候鸟的一生都会等待一次万里飞行吗?

有的鸟飞的时候很轻,像风吹起一片落叶,又像从枪口冒出的一缕烟。候鸟能感受到微妙的空气变化,阳光普照,温度上升,田野上的湿露变成一股股热气流,能托起候鸟的欢愉。它们的飞行、滑翔和振翅,能没有规则地改变方向。有时交替着左右盘旋,有时朝一个方向顺时针转圈。

保护区前后来过许多位做生态科考研究的年轻博士。年轻人总是对未知充满探寻的渴求,且又最愿意分享他们的渴求。与我同行的那位清华大学生物学专业的林博士给我画图讲解,鸟正羽的末端是挡风的屏障,绒羽滞留一些空气,减少对流;尾脂腺分泌的油脂给全身羽毛涂上一层油膜,加之羽毛细微结构间的空隙异常紧密,鸟羽的抗湿功能绝无仅有;还有候鸟身体的颤抖,竟然是在增加热量而维持体温,这种热从脂肪酸氧化中获取;北极小鸟白腰朱顶雀,你不敢相信它能在零下五十摄氏度生存三小时……我可都是第一次听到这些有趣的知识。

夜晚之于候鸟,还有另一种存在的意义。林博士聊到鸟的夜间迁徙,这是它们自我保护的一种方式。躲避猛禽的袭击,把受敌害威胁的风险降至最低,夜间候鸟有自己辨析方向的本领。即使没有月亮,云的反射、星的闪烁、水面的反光,也能让夜鸟辨识地面轮廓,不致迷失。他提到一个叫"圆月观察"的网站,这是由全世界各地大批鸟类学家组成的观察家网,他们一般选择晴朗的月圆之夜,在不同地点同时观察,用望远镜对准月亮观察候鸟飞过圆月时留下的阴影。隐身于阴影下的丰富数据,居然是用来帮人们了解候鸟迁徙的时间、路径,以及与天气、地形的关系……

湖洲之上，到处都留有候鸟的印记。回到现实的夜晚，谁也不曾料到，趁着夜幕的掩护，顶着寒冷的毒鸟人摸着水面反射出的暗淡之光，悄然把死亡送到鸟的身旁。美好的一天结束于一朵黑色而阴鸷的乌云。毒鸟人在夜晚走得惊慌失措，脚印歪歪斜斜。次日清早，他撇开夜梦的不祥，拾回了欢喜的"猎物"。早早苏醒觅食的天鹅与豆雁，啄食了呋喃丹后倒地身亡。毒鸟人心满意足地回到船上，准备点火烧水，钳净鸟羽，对鸟生命的卑视，让他毫无罪恶之感。那时我们刚走完通村公路，车拐上大堤，路面颠簸，车速放缓，碎石在车轮下暴跳如雷。

一道长堤划开人与水的界限。更早之前，恣肆汪洋覆盖着这一片辽阔的滩涂野地。湖洲上看不到威武标致的房子，粮食作物从来长得漫不经心。但湖区那些丰富的食用植物和鱼类资源，从没让人失望过。人走到哪里，栖身之所就在哪里，那些莲、藕、菱角、芡实、茭白，那些芦苇、蒲草、席草，吃食用度随处可见。"有种皆收，俗称一年收可敌三年水。"《洞庭湖保安湖田志》中的记载，说的就是大自然对这片土地的厚爱。

过去冬天抵临的候鸟，比现在更多，但对于人而言，在那个连生存也困难的年代里，它们只是肉食、皮毛和工分。当地一个叫"老鹿"的猎人，在20世纪六七十年代曾带领村里的打鸟队，一铳猎杀一百八十七只白鹤，这份纪录无人打破。白羽飘飞，血溅成河，但物质匮乏的人们从没意识到自己的罪行。在那没有节制的岁月，湖区的物种和生境遭遇的巨大破坏不可避免，没有人懂得破坏和保护意味着什么，也就不会有人流露出丝毫的自责。

堤坡下种着一小片欧美黑杨林，细瘦光秃，孤独地站在风中。湖区田地比丘、冈平坦，土层深厚，质地疏松，光温充足，可垦价值高，每家每户门前屋后草植茂盛。早些年，湖的周边突然刮起一阵"造林风"。黑杨、意杨，这些能快速带来经济效益的树种，在湖滩周边大规模地竖立起来，这一度让当地林业部门引以为豪。人们不知这种长势很快的经济林木，对湿地的改造能力如此强大，每棵树的每条根，就像一根日夜不息的抽水泵，把水分吸干，湿地转眼间就成为旱地。它带来的恶性结果是那些原本供鸟类栖息的湿地滩涂土地坼裂，像一双双泪已流干无法瞑目的眼睛。而苔草、辣蓼这些过去茂盛的草本植物，被黑杨、意杨发达的根系驱赶远离，那些雁、鹤也因食物缺乏继而销声匿迹。

车轮摩擦着堤面的粗糙沙石，发出刺耳的咔咔声。我们从新沟闸下车步行，一道长长的斜坡连着一条弯弯扭扭的窄路，伸向东洞庭湖的腹地。新沟闸只是长堤上众多简易水闸中的一个，枯水季节，它唯一的作用是湖堤上的地名标识，是冬天从湖里上岸进城的必经之路。

老张说，别看湖区大，上岸进城的口子并不多。保护区的人守在新沟闸，就抓获过偷猎、毒鸟的人。

我们经过一处浅水洼地，左前方出现一圈壮观的矮围，停在矮围外的一辆载重货车不知是如何驶入的，车厢堆满又长又粗的竹篙。几处搭起来的施工台上，几个缩头缩脑的男子正在绑固铁丝拉起丝网，远望真像那种高大上的高尔夫练习球场。待来年涨水退去，游进矮围之中的鱼都成了"瓮中之鳖"。后来有桩闹出很大声响的毒鸟案，为首的是一个绰号叫何老四的人，就常年在矮围附近浅水水域非法投毒猎杀越冬水鸟。

泥泞是湿地的常态。脚下的小路坑洼不平，人、小车、摩托碾过的印辙交错，细细察看还可辨识出大鸟的爪痕。泥泞深厚的地方，黏稠的泥浆像是湿地分泌出来的霉菌，有的候鸟喜欢在这里落脚，很多虫螺藏身泥浆，它们只需要睁大眼睛寻找就可美餐一顿。

毒鸟人几天前也应是从这条必经之路走过的。小路与一条十米宽的沟渠平行，沟渠的水连通七星湖。当地渔民挖渠引水，目的是方便在秋冬季节运输收获的鱼和需要修补的渔猎工具。没有一只鸟出现在我们的视野。如此天气叫人迷惘，空中弥漫着一层层淡淡的乳白色的水雾，寂静也有了颜色，一泻千里，没有褶皱。

任何声音在阔大的寂静里都格外尖锐，一缕细小的颤动都会传入耳中。我们急速走动的脚步声、衣服背包的摩擦声，瞬间被泊在岸边的蒲滚船轰隆隆的发动机声吞没。这嚣张的声音还吐出一大团气泡般的呛人青烟。长相奇怪的蒲滚船是湿地特有的交通工具，外观像苏式拖拉机车头，螺旋桨式的车轮由十片巨大的铁叶片组成。我们乘坐的木船被绳索牵引在后，仿若前往打麦场的拖拉机车厢。

轰隆声一路把寂静刺破。船轮滚动激起焰火般的泥花，拖船走过的地方留下一条"道路"，隔一段时间就会悄然消失。驾驶者是七星湖的原住民，他熟悉这个季节湖里的路况。有些沼泽地段，蒲滚船和再老练的渔民也不敢涉足，荒野之地，一旦陷入泥潭，叫破嗓子也没人回应。

风呼啸的时候，我们乘坐的船像要被一双巨大有力的手掀翻。那道若有若无的地平线，也在空气的浪流中更加缥缈。若不是认出不同种类的鸟，我会觉得我们一直在一条没有尽头的航道上原地踏步。

地质演变让东洞庭湖形成了独特的湿地系统。半陆半水，冬季近地层温度比同纬度远湖区域平均温度略高，丰富的植物、鱼类遍布，候鸟也把不寻常的生命轨迹留在这里。我翻开厚厚的鸟类图谱，读着纸上的候鸟——小白额雁、东方白鹳、戴胜、红脚苦恶鸟、棕背伯劳、白腰杓鹬、凤头麦鸡、扇尾沙锥、丝光椋鸟、阿穆尔隼、黑斑狗鱼、蓝喉蜂虎……

这些美丽的名字，是东洞庭湖湿地有记录的三百五十九种鸟类中的一些代表。多数鸟的纲目科属下拖着长长的鸟种名单，全球有鸟八千七百多种，东洞庭湖的鸟所占不到百分之四。

我非常惊诧数量庞大的鸟的种群，也赞叹某些观鸟者对它们之间差异辨识的本领。鸟的形态丰富，比脊椎动物类群科属之间的差异还小，喙、腿、脚、羽毛以及内部器官的微细差别，构成鸟之间区分的依据。一位长年跟踪鸟类拍摄的摄影家朋友告诉我，非专业研究的观鸟者，往往是从炫耀行为、鸣声、形态的差异来判断，鸟种分辨的乐趣和难度就藏身这些差异之中。这让我想起看过的美国电影《观鸟大年》，铁杆观鸟爱好者布莱德仅凭鸟的鸣叫就能准确断识名字、种属、习性，对鸟的热爱与专业为他赢得了一个异性观鸟者的爱慕。老张兴致勃勃地说起两位高校大学生，他们来自南北两座不同的城市，在参加东洞庭湖同一次鸟类监测的野外调查中偶遇，缘定终生。候鸟成为爱情的见证。

这是多么美好的一件事，如同每一次走进这片野外，即使候鸟沉寂，也还能听到它们的温柔私喁在空中遥远却清晰地回荡。

往湖的腹地走，前方总有橙色的光，是一粒奶糖的形状，走多远，风都像野孩子般尾随，撒开脚丫子奔跑。老张说，风是候鸟生命的一部分，只有在风中，它们才算真正地活着。那些万里之外的生灵，全靠风力的托送，才完成生命的迁徙。

那些搁浅冬眠的渔船，是湖上最大的"鸟"，像"老等"一样守着冬天的时光。剩下的少数渔民利用冬闲清理渔具，他们把"地笼王"这种长长的网兜埋伏好，碰运气收获些春节年货。"地笼王"匍匐在浅水中，大小通吃，鱼进得来出不去，也常网住几只贪食的鸟。保护区的人见到"地笼王"都是要收走的，这种在祖辈手上流行的捕鱼工具，在不久之后随着一个十年禁渔期的到来而从渔民生活中消失。

湖上原来浮着的雾，聚拢起来，在空中变成积云。有的鸟永远也不甘于安静，它们鸣叫着飞起来，翅膀在阳光下留下一道银色的弧线，像一面镜子对光的回应。候鸟是不是飞得越高就看得越远尚不能完全确定，但鸟中最为出色的视觉，可以进行完整的环行扫视，会在飞翔中认清地面上的人和奔跑的动物。遇到狂风，翅膀飞动的阻力加大，鸟拍打的动作会变得短促而飘移。

小余站长拿起一台价值不菲的 SWAROVSKI 牌望远镜瞭望，我第一次从这种昂贵而精美的单筒望远镜里欣赏到目力所不及的远方。译名为"施华洛世奇"的望远镜防尘防雾防水，影像清晰，色彩自然，在雨雾天气、阴暗环境下使用，景物细节依然全现眼前。

我搜寻着天鹅，开始是零零散散的一两只。逆光又有些许雾霭的遮挡，众多的白琵鹭、白鹭缩小成一个个白点，赤麻鸭、罗纹鸭成群地驻守各自的领地，有的鸟天生扮酷，独自在浅滩觅食，用喙戳刺着草地。远处水的反射让湖上的晴空显现一种钴蓝色的光。全身赤黄色的赤麻鸭嘴里蹦出的叫声，像从山顶滑下的雪球，是那种爆破般的响声，但在遥远的距离里，会渐渐虚弱，也变得悲伤起来。雄性赤麻鸭脖上有一圈黑色颈环，它的嘴、脚和尾也是黑的，飞起来的时候，羽翼的黄白两色非常打眼。赤麻鸭在湖区比较常见，有时也会跑到农田和湖塘去觅食，潜水是它们的长项。它们看似安静地游在水面上，突然会来个俯身，翻滚入水，动作麻利，出水后嘴里吞咽着鱼虾，头却不停地四周察看，警惕地护卫着自己的安全。当它从水中飞起，湖面涟漪绽放，同时溅起晶莹的水珠。

蒲滚船加速向湖心挺进，船后溅飞的泥浆飞得老高，进入视野的天鹅数量暴增。几十只天鹅组成的群落跑进我们的眼中，它们弓着几近直角的颈，悠闲且优雅地静卧水上。别的鸟始终飞得快速，施华洛世奇的取景框隔着那么遥远的距离，也无法装下它们和大地。蒲滚船停下来，小余站长记录着卫星定位，说这里进入了天鹅的集中栖息区。

象征着纯洁的天鹅是备受瞩目的一种鸟。天鹅在西伯利亚苔原带繁殖，冬季迁徙至中国东北部至长江流域湖泊，外表有着最为圣洁的色彩分布，以洁白为底色，黑色镶黄边的嘴基，黑脚，结群飞行时习惯排列"V"字形，身高不超过一米五的小天鹅合唱时的声音如鹤，发出咔哑、咔哑的鸣叫。我从小余站长那里得知，体型高大的大天鹅在东洞庭湖极其罕见，它飞行时发出的声音是咔喔、咔喔，相互联络时的声音像响亮的号角。

任何鸟的飞姿都是无可挑剔的，这份感受首先源自人的缺陷。飞翔的天鹅让人怦然心动，在翼和尾的协助下，踏波助跑，完成凌空、滑行、穿越、翱翔等赏心悦目的一连串动作。天鹅飞行时基本上是鼓翼、滑翔、翱翔三种方式交替，它宽大的双翅快速有力地扇击，翼尖向前向下挥动产生推力，起到类似机翼产生升力的作用。其实它的每一片初级飞羽都如同一个螺旋桨，推力大于阻力时，它的飞行就获得加速，仿佛一架从厚厚云层中破空而出的飞机。它的力量从收紧的翅膀里爆发出来，如同海面上迎浪而行的鱼鳍，激荡的浪花四溅，变成满天云霞，空中的白色精灵，被渲染成移动的金色斑点，散出模糊却透明的光，让人感受到一种沉静之美。我热衷寻觅天鹅起飞时的身影。一两只，有时是一支小分队，拖着略显肥胖的身体，我总担心它们飞不起来。

无法想象没有羽翼的飞行。有一次，我在保护区的救助站察看一只被救治的豆雁。它的尾羽宽阔而坚韧，张开时犹如团扇，这是飞行时的"舵手"，转向、减速和着陆离不开它的掌控，而如桨似的鸟翼，展开时既有机翼般的飞行表面，又靠翅尖向下、向前扇击产生推力。在不同的空气条件下，鸟翼改变形状，翼和躯体的相对位置随之发生变化，那些高超的飞行技巧因此诞生。

午后到来，阳光驱散雾霾，水面浮光跃金。气温的飞升，鸟儿也欢愉起来。成百上千只赤麻鸭飞旋追逐，像玩起了太极布阵的游戏，白鹭如往昔成行列队地飞翔。猛禽都是独飞侠，而鹤、雁、鸭在群飞时要排出美丽的"人"字队形，勺嘴鹬会飞出一条长而宽的长链，抱团旋飞的椋鸟总是突然就出现在你头顶。

多数候鸟迁飞都无纪律，松散、凌乱、没有阵形，比如那些可爱的胖嘟嘟的赤麻鸭。鸟去一湖皱，鸟来半边天。中华秋沙鸭飞起来的时候，有着迷人醒目的黑与白，它的嘴形侧扁，前端尖出，像微微弯曲的钩子。黑色的头和上背，与白色的下背、腰部和尾上覆羽，缠绕着黑色鱼鳞状斑纹胁羽。在贴近水面的那一刻，它被强烈的阳光刺亮，就像一头飞跃出来换气的江豚。小余站长打开话匣子，对鸟的熟稔让我刮目相看。

　　他突然发现了一群黑尾塍鹬，赶紧把望远镜递过来。这种中国旅鸟，洞庭湖也仅是它远行的能量补给站。黑尾塍鹬全身是泛绿的棕色，喙嘴尖长，长腿伸展，疾飞时像一柄刺破空气的长剑。腹部的薄薄花纹，如一片狭长的绿叶。它的叫声像没有礼节的人发出的野蛮大笑。小余站长说，夏天要遇见它们在深水捕食，落水时红得像火焰的繁殖羽倒映在水面上，像一块烧红的烙铁哧哧冒出一片滚烫的水汽。

巴什拜上山喽

一

一群羊密密匝匝地走在乡间公路上。

旅游车减速停下，耐心等待羊群让道。

羊的个头长得很接近，脑门白色，尾部肥大，毛色红棕，耳朵上方长出深深浅浅的两只羊角。也有些白羊混在队伍中，特别打眼，有的屁股上涂上了蓝色颜料，有的剪出一个大平头。那是牧民为了便于区分是谁家的羊。

骑在马上的一位"半克子"牧民挥动长鞭，像劈开一条河流，把羊群分成两半。羊一点也不慌张，迈着小碎步，呈人字形打开队伍的闸门。车重新发动，缓慢地从羊群中驶过，羊并不为身边经过的庞然大物所惊扰，互相摩挲着身体继续赶路。羊没有表情，抿着嘴，昂着头，看着前方。

我也从车窗外看到了，前方是连绵起伏的巴尔鲁克山。

第一次到新疆塔城，文学家茅盾说她是中国西北的最后一个城市，从地图上丈量，她是离海最远的地方，而塔城的蒙古语意思是旱獭出没之地。我在塔城最先听人说起的不是山或那种消失不见的旱獭，而是这群羊——叫巴什拜的羊。半小时前,原籍甘肃,后在山东长大却嫁到塔城来的年轻女导游正编排着它们:"头戴小白帽,身穿大红袍,尾巴分两半,好吃最难忘。"她描述的"难忘"前一天已经在餐桌上被我们咀嚼,我们用牙齿和舌头尝过它的鲜美味道。

"真不一样!""好吃!"除了这两句抽象、空洞但也真切的感慨,初来乍到的我们似乎找不到更精准生动的新词来传递舌尖的感觉。巴什拜在新疆的闻名遐迩,也就在于它是北方牧场羊肉中的佳品,味美肉嫩,营养丰富,无可替代。有时候,人就是靠味觉的记忆对一个地方保存着长久的念想。

二

成群结队的巴什拜跟着主人,一个多月前转到了巴尔鲁克山北的这片夏牧场。

公路牧道旁的吐尔加辽牧场,像神的双手抖开一张巨大的绿色地毯。各种颜色的花藏身其间,像人海中美妙女子的回眸一笑。转场的路途遥远,劳顿跋涉,它们忘了眼前的风景。也许看了太多的风景,就没有风景能再让它们怦然心动。也许它们是用胃来记忆一个地方的,牧场风景美不美,取决于那里的草料好不好。

巴尔鲁克山在塔城之南,与人们熟悉的北边"界山"——塔尔巴哈台山遥遥相对。从大比例地图上看,它像"雄鸡"顶端弯曲向下的那片漂亮羽翎。全长一百一十公里的巴尔鲁克山脉,西南宽,东北窄,宽窄比例达五倍之多,像一把大扫帚,把帚尾扫向西北偏北的中哈边境。

看到山,也就看到了边境线。塔城美术馆的中俄哈三国国际油画展的展厅里,一位新疆青年画家用笔下的"皑皑白雪"覆盖了起伏的山体和棕色丛林,那是我与巴尔鲁克山距离最近的一次遥远相遇。在另一位画家的作品里，巴尔鲁克山海拔三千两百多米的最高峰坤塔普汗峰，成了一位老牧民和几只巴什拜羊在阳光下眺望的清晰背景。无论你站在哪个角度，羊的眼睛都注视着你和你置身的世界。

也是巴什拜的世界。

三

"巴什拜！"羊群被甩在了车后，来自四面八方的漫游者，隔着玻璃欢快地唤着羊的名字。它们没有表情，也是用看不出情绪的表情和你告别。也许再次相见的时候，是在一张吵闹的餐桌上。食客不会记住一只具体的羊。

外面的阳光过于炫目，它们心思涣散，或许听得不够真切——车的轰鸣像偶遇的蜂群嗡嗡嘤嘤，我们的呼唤掺杂其间，它们错以为是喊着一个人的名字。

没错，巴什拜也是那位在巴尔鲁克山区裕民县吉也克乡出生的受人尊敬的哈萨克族男子的名字。成年后拿着父亲分给他的一百多头羊和一群马，倚仗一次偶然发现的成功交配，他成了巴尔鲁克山区的人生赢家。

有人说，是山上那种一百多公斤重的野生盘羊误撞入了他家的羊圈，与哈萨克土羊交配后，生下了红棕色仙脸大尾羊。那些盘羊野性十足，抵御寒冻的能力特别强悍，即使零下四十度，照旧在雪地上自由行走觅食，杂交的后代也骨骼强健、抵抗力强。也有人说，是勤快好学的巴什拜在草原上摸爬滚打，向老牧民谦虚求教，把从苏联引进的叶德尔拜羊关进了羊圈。成功引进优良畜种的杂交科学实验，一次次被写进草原史志的繁衍传说，是机缘还是必然，已无从考证。

大尾羊们的到来，让家圈的羊越来越多。他不得不雇佣牧民来放牧，也不得不一次次把羊圈的栅栏拔起，再建一个更大的羊圈。羊群是草原上财富的象征。巴什拜成了远近闻名的大牧主，富甲一方。他的羊群在牧场上出现，人们都要侧目注视。羊腆着圆滚滚的肚子走过的草地，来年又长出一片丰茂浓密的绿色。

如果只是拥有无以计数的羊，也许不足以让人记住这位草原上富有的大牧主。我听到人们津津乐道地叙说着，没有受过正规教育的巴什拜，在1936年筹建了裕民县的第一座初级中学，又紧接着投资了塔城电灯股份有限公司，建起了塔城第一座电厂；1941年请人修建了额敏河大桥，解决了裕民县通往塔城的人畜过河的困难，时任行政长官后来将这座桥改名巴什拜大桥；抗日战争期间，他给政府送了数百匹出征的马；解放军进疆，他送去成吨的小麦和成群的牛羊慰问；抗美援朝的炮火在远方战场打响，他又捐献了一架飞机。当地史志上记载着，这架飞机折合四千头羊、一百匹马、一百头牛和百两黄金。这些并不是靠巴什拜的一己之力，帮他的是一群群不断繁衍的大尾羊。

那些穷苦的牧工，没有谁不认识巴什拜的羊。清早或傍晚出门，他们会羡慕地给认识的羊群让路："这是巴什拜的羊！"对羊的尊敬也是对巴什拜本人的尊敬，巴什拜所做的每一件事都值得他们敬重。他们自己或身边人多少得到过巴什拜的热情帮助。送钱物牲畜，买地盖房，愿意来当牧工的，人尽其能都可分派到一份养家糊口的工作。有一年秋天转场的时候，羊群闯进了一个汉族农民的马铃薯地，主人急吼吼地驱赶着，牧工说，你看清楚了，这可是巴什拜的羊。农民立即噤声停止驱赶，脸红成一片天边的火烧云。回家后，牧工炫耀起途中遭遇，巴什拜听了却很生气，严肃地批评了牧工，然后亲自登门道歉，还派人帮农民收割庄稼，赔偿了被羊踩踏后的损失。尽管如此，他的牧工依旧只惦念着他的好处和给他们的关心。巴什拜知道，放牧季节，牧工常常是孤身一人与大自然和羊群为伴。

"巴什拜刚离开这里。"人们心中的他慷慨大方、正直热诚,他的羊群转场走到哪里,就把他的声名带到哪里。备受拥戴的巴什拜,成了巴尔鲁克山区的知名人士,后来还担任了塔城地区的行政长官。他成了一个符号,象征着财富、公正、热心、给予。不幸的是,六十四岁那年,身为塔城专署专员的巴什拜去杭州考察时病逝,后被专机运回家乡安葬。羊群经过墓园的时候,都会朝着墓碑的方向瞻望。不知道从哪一天起,人们为了纪念他,把草原上出入每家每户的仙脸大尾羊命名为巴什拜羊。

这片看不到边际的原野上,巴什拜羊突然走到你眼前,又眨眼间走远,拐过一道弯,蹚过一条河,翻过一座山。羊在行走,也是草原在流浪。

车驶过巴什拜大桥的时候,说是桥,跨过的却只是一条窄窄的河。河床裸露,寸草不生,河水来源于山间积雪,有大半年的时间积雪不化,河就一直瘦弱着。桥头名字闪过眼帘,让我又想起了落在身后很远的大尾羊。

巴什拜也曾经从这里走过去,草原上到处嗅得到羊群离开的气息。我们与羊在某个时空维度上有过多次的相遇,每一次相见,也许都是永别。

四

车停在吐尔加辽牧场旁的公路上。

从没见过这么蓝的天,朵朵白云悬挂在公路前方,仿佛你的速度再快一些就能追上她。

沿着窄石板路爬上高高的斜坡,穿过打开的一道铁丝网门,视野瞬间被推到一片无尽之中。羊群让人生发的草原想象,与实际所见相距太远。辽阔的定义被刷新。每一位外来者都无不为之震惊。远处的山，与向远处蔓延的草甸子、远处垂落的云层在看不见的地界相接。那个不知要走多久才能到达的草甸子尽头，就是积雪正极其缓慢融化的雪山。草甸子变成了一个看似很快走到却又永远抵达不了终点的球面。无法形容的美，多少双眼睛都根本装不下。这就是那一刻的心情。

迎着山谷吹来的风，花在摇曳，草原也在摇曳。"这是什么花？"耳畔的声音都是在提出同一个问题，草原上盛开的是不同的答案。

紫色鼠尾草长着针状卵形的叶子，没过膝盖，遍地开放；杀虫治癣的翠雀花开得非常密集；根茎粗壮的红景天黄灿灿一片；有棱槽的飞廉披着蛛丝状的毛，沿着茎下延展成翅；向阳坡面开着的是金盏菊；伞状的寒地报春，有半年的花期，几乎匍着地面；花托凸起的小甘菊锥状球形的模样远看像小菌菇；蔷薇科属的天山樱桃花叶同开，粉白相间；鳞茎圆锥形的贝母，倒悬生长的白花瓣上长着紫色斑点；瘦长的长蕊琉璃草，紫色的花冠微微弯曲像翘起的蝎尾……

"如果五月来，才是更好的花开季节……"女导游往前奔跑，突然匍匐在地，被草浪淹没，又爬起来继续跑，风把她那爽悦的笑声"捎"到我的耳边。她说，她是爱上在塔城相遇的他，也是爱上这片草原和看过一眼就忘不了的花。

我唯有闭上眼，想象那个更好的花开时节，漫山遍野，放肆盛开，也想象一个异乡女孩多年前爱上这里的心潮澎湃与细密欢喜。

五

羊在这片大地上经历过什么？

吐尔加辽是有名的夏牧场，它的汉语意思是贵族牧场。一个名字就划出楚河汉界，泾渭分明。不是谁家的羊都可以进入，过去如此，现在也是，护网围栏，非请莫入。从这里经过的巴什拜羊也许从来没吃过一片草叶。这些年月，巴尔鲁克山区的家家户户都在成功地养殖着巴什拜。草原上牧民的日常四季，夏天牧场丰茂放羊上山，秋天去集市卖掉多余的羊或把羊圈补满，冬天要照顾它们度过凛冬，春天等待羊羔出生。上山、下山、转场、牧养，人和羊群，与这片山地草原唇齿相依。

巴什拜羊像云朵般从牧道走过，嗅着空气中吐尔加辽的花草散发的诱惑芬芳，看了一眼围筑起来的铁丝隔栏网，就头也不回，决绝地走远了。它们丢下的是牧场，也是风景，是这一片最好的风景。

女导游跑得越来越远了。拍照的人们四处搜罗着风景和瞬间。我故意躺在草丛中，头脸朝上，四肢平展，蓝天白云，一尘不染，阳光透亮。闭上眼睛，有斑斓的五彩之光在眼里跃动，像一群金色的蜂蝶。没有云的地方，蓝得虚幻，像舞台上的一块巨大布景，又像是天空浸在一个蓝色的世界中。侧身，目光从如密林般的花茎中穿越，披着光的花茎，每一根细微的毛蕊都清晰可见。光让草原上的一切袒露，品格中的贵金属与世态中的低俗小说，碰撞出铮铮声响。

有两匹成年的马在草地上游荡，踢着蹄子，打着响鼻，与人合影，也在等待撒蹄奔跑。二十元十分钟，问完价钱，成交者踩着马蹬跨上马背，把牧场跑出震耳欲聋般的漂移感。人群早已四散，同行的一位大姐与我擦身而过，然后一个劲往前走，似乎是有多远就要走多远。我以为她是要离雪山更近，看得更仔细些。她的缀花纱衣随风飘动，她的背影变细变长，像是一株独立行走的花。转眼间她不见了，我有片刻的慌张，以为她突然掉进了深山峡谷或裂隙沟壑。我叫唤她的名字，她拱起纱衣后背，一只手挥动致意，身体却还是伏在草丛中。"我听见了鸟鸣！"她站起来，向我喜悦地叙说鸟声从哪而来，又如何清丽鸣啭。但我耳朵里唯一灌满的是风声，从山那边吹来的风，清爽、柔软，拂过面庞，穿越身体，精神和骨骼也为之发出簌簌响动。

天空洁净，悄无声息。看不到鸟的影踪，也许鸟藏身云层的枝杈。有朵云，张开翅膀悬空，像是变成了一只巨鸟，青背、斑羽、宽翅，投下万道斑影，时间的碎片被碾压成生活的齑粉，阳光照亮清澈的天体，也照亮巴什拜羊眼中的清澈。

清澈是这片土地上的标识。

山脉横卧绵延的地方是边境线，是羊热爱的夏牧场。积雪尚未完全融化，峰峦山谷间的白色点缀着褐色山体，背光处的雪终年不化。冬天裹风踏步而来的时候，又有新雪将过往覆盖。

无法覆盖的是人的足迹，牧民的，探访游客的，野外考察工作的，闲逛者的。我在塔城认识的一位摄影家朋友把我带到他的家中，墙上挂着他行走的"足迹"。这位痴迷于游牧文化的田野调查者，拍下了几乎所有塔城山林草原坡地上的千余种植物。三面环山的塔城，这里的中温带干旱和半干旱气候区，被颜色深深浅浅的植物占领。

山麓西南的坤塔普汗峰南面陡，向北倾斜的落差有近两千米，生出一个大斜坡，种类繁多的草木花卉在气温的攀升里，从低谷向高山蔓延绽放。这一带有明确记载的野生植物就有百余种。这让我加深了对"巴尔鲁克"汉语释义的理解：丰饶、富足、无所不有。

过去这里也有山地放牧的习惯，虽然路途崎岖，但牧民还是会把羊群赶往牧草茂盛的山地。朋友拎出一根手指，沾着泼洒出来的酒，在桌上画出北高南低的塔城地貌，高山—浅山—丘陵—平原—湿地—高山，他的手指顺势往下，在讲述某个地貌时要停顿画出一个虚无的圆圈，他最终画出了一条被我记住的弧线，像极了一个倾斜的双手打开的U字。稍有地理或植物常识的人都知道，这样的阶梯状地势，必然的结果是多样性植物在这里富集。

"聚居成群的花，在望不到尽头的草原上都是孤独的存在。"摄影家朋友说起，他也拍过巴什拜，它的眼神有种清澈的孤独，另一种孤独，收纳了巴尔鲁克的丝丝毫毫的变化和馈赠。

六

我们从牧场上欢愉地下来，那群巴什拜羊拖着狭长的影子，从公路的拐弯处消失。"巴什拜刚离开这里。"我惊喜地指着它们离去的方向。它们是我见过的最缺少表情的羊。其实我也描述不清羊应该有的表情。

刚有那么片刻的恍惚，仿佛辽阔的草场只剩下孤零零的一个人，一只小个子鸟啁啾一声刺入天际，看不到一只羊，只有那条蜿蜒的乡村公路和远处的村庄。没人知道这片土地上放牧的历史有多久远。

巴尔鲁克山南背风向阳，降雪量小一些，人畜越冬的很多冬牧场建在那里。冰雪从四月开始消融，黄色的大萼报春最先钻出冰雪覆盖的地面。融化的雪水从大地上的每一道缝隙汇聚河谷。

我在塔斯提河谷终于看到了雪山水。到河谷去的下坡山路有很多斜仄的弯道，我们换乘几辆越野车才顺利到达。水混浊，湍急流淌，山谷回声响亮。从巴尔鲁克山发源，有十六条大小河流穿过裕民县，奔赴名声更响的河流。山脚下的塔斯提河和布尔干河，分别从两个方向西流出国界。另一条相邻的额敏河，自西向东经由库鲁斯台草原，最后流入咫尺之远却是国界之外的阿拉湖。发出蓝色幽光的阿拉湖，在瞭望中被打磨成一面镜子。山脊起伏，河谷狭远，在巴尔鲁克这个森林王国，看得到百万亩的原始次生林，十万亩的野生巴旦杏林，万亩野白杨林和千余种野生珍贵植物。季节变换，色彩缤纷，是生命的繁衍与共生镂烙着这片山水荒野的界线。

一群羊沿着塔斯提河往山上走，它们低头的模样，像是聆听着与河水一起流淌的属于光阴的故事。草原像一个透明的胃，吞吐着时间里的冰霜雨雪。

羊群爬上山头，在这里看得到牧场、院墙、堤坝、道路、河流、畜棚，以及由它们组合的风景。看风景的羊，也成了被看的风景。这片草原是牧民的家，是生命开始和结束的地方，牧民热爱这里，无人弃之远去，也无人驻留在外不再归来，那些远方，依然是远方。牧民赶着羊群回圈，像低矮的坡地上飘过一群云的影子。

草原上遇见的人都有一种朴素的诚实。我听他们说起一件往事。一个牧民在秋季买了一群羊，价格都是双方事先议定的，后来他去集市的交易会上时发现他是以很低的价格买到了这些羊。他因此感到愧疚，而不是占了便宜后的窃喜，就主动找上卖主家送去补差价的钱。卖羊的牧民却坚持成交的生意不能再多要钱。草原上的牧民经常如此，把诚实守信的声誉和德行看作一个人生命中最珍贵的东西。听说那个叫依洪达的买羊牧民第二年继续找上门，出了比市场高得多的价格。有人说，后来依洪达也总喜欢帮人排忧解难，一诺千金。也有人说，如果你有依洪达一半的品质，就是值得称赞的善人。

叫依洪达的维吾尔族老人，剩下最后几颗乌黄的牙齿，却依然可以啃光羊排上的肉。在女儿哈力旦的记忆中，一辈子牧羊的善良父亲，是草原上沉默的大多数人中极不显眼的一个。这般的人群，一辈子就活在勤劳谦卑者的草原上，生老病死，喜怒哀乐，几乎不曾留下生活的纪录。草原上的历史就是小人物的历史。

七

天光灿烂，亮晃晃的。天要推迟三个小时才黑。天黑前，羊群归圈，身后的大山寂寥旷远，人们即将喝酒吃肉，大声歌唱。

从巴尔鲁克山返程，我们去了哈尔墩四道巷哈力旦家的小院。推开院门，长棚下的餐桌摆满了水果点心，几位当地手风琴演奏家、歌唱家欢愉地奏唱着草原歌曲和《我和我的祖国》。前一天我在手风琴博物馆看到了来自十几个不同国度的三百多台不同年代的手风琴，收藏它们的主人能讲述每一台手风琴背后的故事，也能将每一台手风琴奏出美妙旋律。我没有想到渐渐淡出人们视野的手风琴乐器在这里如此风靡，每年的千人手风琴合奏还上了吉尼斯纪录。在这个"手风琴之城"，哈力旦记得小时候，父亲在牧场上拉响手风琴，成群的巴什拜羊都会安静地抬头聆听。她少女时代拥有的第一架红色32贝斯的百乐小手风琴，就是家里卖掉一只巴什拜后买的。父亲无数次说起，闭上眼，还记得那只羊的模样。

为了这顿晚餐，哈力旦和家人准备了一个礼拜。高大魁梧的丈夫大清早起来，第一件事就是赶去附近的牧民家中，杀了三只巴什拜羊。烤肉的火炉架设在红围墙下，看不见炭火的燃烧，但羊肉沾撒孜然的香味很快飘绕在农家小院和我们的呼吸之间。食量厉害的人，可以吃掉一整只羊。哈力旦的弟弟皮肤黝黑，咋咋呼呼地炫耀那些饕餮者。

院子里支开了几张餐桌，上面摆放着六个民族的特色美食。这些美食来源于哈力旦的奇妙家庭组成。她的丈夫艾则孜哈比布拉是乌孜别克族人，大姐嫁给了塔塔尔族人，妹妹和哈萨克族人组建了家庭，弟弟娶了一个蒙古族人。从海边城市来的客人喝了两杯酒，就跑去题写"玫瑰庄园"书法匾额送给哈力旦。他把四个字写得遒劲有力，又生动活泼。喝彩者声响震动，哈力旦满脸笑容，她从厨房端着菜碟走在院子里，十几米的路上，每一步迈出的都是舞蹈。她天生就是一个舞者。

她说她在塔城歌舞团做过十多年的舞蹈演员，三十五岁那年离开舞台去了北京，带着女儿租住在中央音乐学院附近的一间地下室，开始了陪读生活。喜欢小提琴的两个女儿先后考上了中央音乐学院。依洪达喜欢带着两个孩子在草原上拉琴，琴声跑得像风一样快，从浪流般的草尖上滚向远方。她凝视着孩子，涌上面庞的笑容，仿佛能把时光的褶皱抻平，又像是一潭安静的湖水，把所有经历的苦难溶解。

几年前，这位被称为巴尔鲁克山区最诚实勤劳的牧羊人依洪达，留下几百头羊走了，弥留之际，他牵挂着哈力旦的"汉族弟弟"。站在餐桌旁，哈力旦回忆起三十多年前的往事，仿佛老人就坐在院子的另一角落里，怀里捧着手风琴，拉响草原上的歌。

贫穷小伙阿杜随乡友从山东济宁来到了塔城，找不到工作，无处落脚，囊中空空。依洪达知道后把他请来当了牧工，教会他牧羊。日久情深，依洪达非常喜欢阿杜，认他做了干儿子。哈力旦从此有了这么一位汉族弟弟。

依洪达对阿杜有一种奇怪的深厚感情。有一次，阿杜骑马放牧，到傍晚巴什拜羊自个回了圈，人却不见了。依洪达发动全家外出寻找，找到后二话不说就把人拉进医院急诊室检查，说是担心他在外受了伤。其实阿杜是途中贪玩忘记了羊。他一路上胆怯地打听，路人故意逗这位年轻人："巴什拜上山喽！"

那是在塔城牧羊生活的四年里阿杜唯一一次丢掉了羊。他把塔城当成了自己的家，把依洪达一家当成亲人。家乡接二连三的电报催促阿杜回家的时候，谁也不知道依洪达有多纠结，他承诺过要给这个"儿子"盖房娶妻。依洪达舍不得他走。阿杜那些天早起把羊赶到草儿最肥的牧场，寸步不离地看着它们吃得肚子圆滚滚的。临别前，依洪达让妻子把家中全部存款一万七千块钱缝在了阿杜的棉衣里层，叮嘱阿杜回去后再拆开，拿着钱去盖房买地，娶妻生子。三十年前的阿杜不知道衣服里藏着一笔巨款。这事像一团暖融融的光，在他的心里再也没有熄灭过。2016年冬天，他兴高采烈地再次回到塔城时，从没断过的牵挂思念，却因老人离世成为一段孤独的回忆。

哈力旦去年带着家人去了趟济宁，阿杜的女儿结婚，婚礼上摆满了她带去的葡萄、拉条子、巴什拜羊肉串等新疆特产,她的两个女儿现场用小提琴拉起了明快悦耳的新疆音乐,宾客开心地欢歌载舞,像是办了一场新疆婚礼。

年过五旬的阿杜依稀记得当年放牧的那一群巴什拜羊,他给它们取过古怪的名字,虽然它们早就不在了,但还经常会走在他梦到的草原上。

八

都不知道夜是怎样黑下来的。

天空像在摇动一把小折扇,在晚风中收走最后一缕光。走出小院,我朝巴尔鲁克山望了望,朝塔尔巴哈台山望了望。我朝绵长白昼望了望,也朝短暂黑夜望了望。仿佛还在草原上,看着属于塔城的风景。风吹过来,动人的歌唱和欢笑带你去往更远的远方。

"去喝奶茶吧!"有人突然在耳旁吆喝了一声。

又一个声音浮上来:"羊儿都上山喽!"

漫长的启程

一

该启程了。

在还没有见到大运河之前,我就在想象她,会以一种怎样的姿态流淌在大地之上?

从淮安船闸登船,是秋日午后,阳光热情而柔软,铺洒在绸带似的河面之上。旷远之下,游船像进入一个没有尽头的轨道,每有别的船舶经过,站在二楼甲板上,就凸现了高度的优势。甲板高出堤面,也高过别的船,可以从上往下看清楚那些吃水深的货船。满载货物的行船是运河上的"矮个子",船尾的机声并不喧闹,来往船只运送的多是水泥、黄沙、煤炭、钢材和木材。船老板遇上熟识的船,按一两声汽笛,算是打招呼,之后擦身而过,彼此又相忘于江湖。

货船甲板的屋顶或船尾围栏处都栽种了绿植,绿萝、鸢尾花、铜钱草、三角梅,这是我在湖区的船上见不到的风景。尤其是十几条船连成的船队,像铁轨上停靠的列车,安安静静,又带着不易察觉的波动。船上见不到人,却行得稳当笔直,缓缓悠悠,如同水流拖着船队一起奔跑。

早些年去过杭州和北京，见过大运河的一头一尾，但如此庄重地游船还是第一次，且是在曾为总督漕运院部所在的淮安。20多公里的路程，船速不快。在文字、电视和绘画所构筑的想象中，浮现大运河在江南的样子：两岸有白玉长堤、临河戏台，也有摇着橹桨、咿呀而过的乌篷船；有商贾往来的豪情霸气，有杨柳依依和美女子的万千风情，也有岸边造船工场里木客的劳碌身影。在高堂雅座、园林花圃与市井烟火之间，随水漾动的兴衰与悲欢，被讲述了多少个"日西落，水北流"。

北纬32°，东经118°。淮安这座漂在水上的城市，也是运河四大都市之一，比我想象的要文静。有过的别称"淮阴、清江浦、山阳"，在历史书上都曾赫赫有名。河流两岸经几番治理，清爽养眼，带着几分灵秀，又内蕴一种排闼之势向前延宕而去。极目远望，是曾经重重关山和漠漠大野的北方，也是被南方慢慢渗透并改变的北方。我想起在大运河史陈列展厅看到的一幅砂岩浮雕，背景选取的是古代苏北地区地图，一条灯带闪烁之处，正是水的经过与流往地。从这幅古代苏北地区大运河的流势图上，我记下了三个重要的时间节点：

公元前486年，春秋时期吴王夫差开挖邗沟；603年，隋炀帝以洛阳为中心开凿大运河；1293年，元世祖时期，南北大运河全线贯通。

从肇始初成、奠定开凿基础到通航，这是大运河三个重要的生命时刻。在波光粼粼、帆影摇晃之中，浩荡的河流穿行于广袤原野之上，与大地山川合为一体，又有着一往无前的奔腾气势。

历史总会记住最早的开拓者。我曾经在给中华书局撰稿《范蠡》一书中写到过吴王夫差，写到过他觊觎列国和睥睨失败的对手勾践的目光，这目光里，同样也注视着江淮原野。水泊遍布，要打通一条江淮之间的内河水道，不再绕道风浪莫测的南黄海，进而逐鹿中原，既是来自父亲阖闾的遗愿，也是他称霸群雄的野心所在。面对军事地图，他从未将目光挪移开，是这充满野心的目光，催促他下定决心开启南水北上、江淮联通的"征伐旅程"。举锸如云,夫差开干了,引长江水北流,运河向北穿行,全长约400里,最后由射阳湖入淮安东北五里的北神堰合淮水。即使夫差不开挖"第一锹",终究也会有一位君主要为野心奔赴于此。"野心"也可以解读为竞争之心、进取之心。回溯中国历史和时代文明的突破与创造,就源自某种野心所生发的巨大力量地推动。

《左传》记载:"吴城邗,沟通江淮。"看似普通也容易被忽略的一句记叙,连当事者都不会想到,这是一次伟大的启程。大运河一启程,就是越千年。因为大运河,南方千年历史像空气一样无处不在,虽然它曾被压缩着储存在沉默的土地上。

二

该启程了。

前面的人字闸门缓慢而稳重地打开。

一刻钟的时间,我还在计算淮阴船闸几百米长的闸体一次能通航多少条船只,还在想象水位差的升降原理,还在寻找水是如何从坚固的墙体环流注入的,船舶过闸已经完成。

我也是在这次过淮阴闸时,认识了一个字的来历:"埭"。土坝的意思,多用于地名,但它最早只用于大运河之上。大运河与天然河流不同的地方,在于人工开凿后有了水位落差。从大运河沿线地势剖面图上,我看到的水位落差是很大的,设置船闸蓄水是解决落差的唯一手段,如此才能保证通航的持续性。世界上建造船闸最早的国家是中国,大运河之上的船闸尚未出现之前,人们就把那些更早的通航设施称为埭和堰,也叫车船坝、软坝,多是由土石或草木材料修建而成。水位的高低落差,让过闸的方式充满了趣味的变迁。我在一幅旧照片前立定,照片拍下的是一群纤夫正将过坝的船从一个平缓的斜坡上拉过去。这是"埭"

的来历，也是闸最早的雏形，此后才有了斗门、三门两室船闸、多级船闸的出现。

　　一个朋友给我描述建在埭、堰旁的特殊"纤道"。石板铺砌，上下起伏，也就形成了后来的桥拱。当拉纤退出大运河的历史舞台，那些陈年旧迹，被保留下来的拱状地势，以一种审美的存在，化作了跨河的桥。桥有宽窄，桥拱有多有少，单拱桥如圆月上升，清辉流溢，85孔的吴江垂虹桥长400余米，那气势和构造让人赞赏不已。人类的一切发明应用，就是在现实生活和时间迁移中的衍变。人在生存中的智慧，人在劳动中创造的美和艺术都是无穷尽的。

　　自北朝南，江苏境内大运河上的船闸要经蔺家坝、解台、刘山、皂河、宿迁、刘老涧、泗阳、淮阴、淮安、邵伯、施桥。一闸不通，万船难行。其中的淮阴船闸是大运河淮安段的第一要枢，也是当年漕运锁钥和治水重地。说船闸史，就像是说一本没有终结篇的厚书，因为大运河不会消失。我们的游船所经过的淮阴闸是建成于1961年的现代式船闸，但历史可追溯到古清口以及1936年的老闸。古清口是运河南下北上的咽喉，历来必谈其"通则全运河通，全运河通则国运无虞"。其区位优势可见有多重要。淮阴老闸1984年完成历史使命后全部拆除，原址兴建复线船闸，2004年三线船闸投入使用，创造了中国船闸建设史上的10多个第一。在大运河水运日益繁荣的发展中，淮阴闸再也无法绕过，真正成了中国漕运发展史和黄、淮、运水系变迁的见证者。

　　过淮阴闸不远处，是五河口，顾名思义，为五条河交汇的地方，东南西北，四面八方，从这里流过的每一道水流，似乎都可以去往世界的角落。是哪五条河呢？我找到一名船员问，他掰着手指，又指向河口说，一曰京杭大运河，一曰古黄河，一曰盐河，一曰二河，一曰淮沭新河。如果从空中俯瞰，是不是像一只生命的手掌，紧紧攥握着这片土地。"掌缝"间的陆地上，长满了植物，蒿草、刺槐和低矮的灌木，我看到几枝高立的芦苇，或是一小片的芦苇群落，娉娉婷婷，如风中行走。

运河边的芦苇与湖区的芦苇有不一样的气质。运河边的更像是婀娜身姿上的亮色佩饰。波光云影，眉目之间，是最传神与生动的情态之物。湖区的芦苇因为面积过于阔大，气势足，不像运河边的芦苇是入画的，也入水上往来人的心。当地年长的一位作家朋友说起小时候卷芦叶、卷芦号的事，就是剥下每根健壮苇秆上一张最嫩最有生命力的叶子，卷成长有1尺左右的叶筒，放在嘴边用力一吹，声音粗犷，河上、水畔立刻会有应和者也吹起手中的芦号。号声此起彼伏，水鸟也应声而飞，扑扑落落，水上就像是多了旋律。芦荻萧萧，我是头次听说，湖区孩子多有穿越芦苇荡的经历，却没体验过芦号，便觉得长在运河边的芦苇参与到孩子的成长中，多了有声音的记忆，也多了生活的趣味。

返经淮阴船闸登岸，好奇地去看现代船闸的运行系统。1米多宽的曲面电脑屏上，水流变成蓝色的线条，数据闪动变化。船闸外表看上去是个庞然大物，在这里具化为两个系统：一个是智能在线巡检系统，用于对船闸机电设备进行24小时在线监测；一个是供配电联网监测和维检系统，对船闸供配电系统和闸区每个用电回路进行监测、报警。淮阴闸的重要，既是它的地理区位决定的，也因为它是我国内河船闸中，首家建设光伏发电站的，是低碳绿色船闸建设的先行者带来的。淮阴闸用数据来证明自己的"智慧和绿色"。一个工作人员脱口而出，去年，从闸口过往的船队逾6000，通行货轮8万多艘，货物通过量已在16亿万吨之上，投产后的光伏年发电量为19.8万千瓦时，按照国际标准相当于全年折合减少碳排放155.43吨。

大地上的水流，不是以前就一直在吗？我想象更远处，大运河以及旷野上的水流，像枝蔓的叶脉，也像深浅的掌纹，带去生命的热情与温暖。水纹首尾连接，连续不断地向外宕开，像一次次不断地启程，不也正是大运河向未来流去的象征吗？

三

该启程了。

却还留恋那舌尖上的大运河。

运河的历史，就是民族的心灵史，也是他们千百年来衣食住行的记忆史。去淮安，早被推荐一定要吃淮扬菜。说到餐饮，在我老家，过去是有几家老招牌的，潇湘馆吃的是地道湘菜，上鱼巷子的淮扬馆当家的是扬州菜，味腴酒家是京苏大菜门，万胜楼的拿手蒸菜是湖北客人的最爱。可惜的是这些老招牌都消失了。所谓饮食文化，必是在特定地域的自然环境和历史人文条件下形成的。由此去理解淮扬菜的兴盛就不是难事了。

一条河带来的饮食，不只出自河流及两岸的丰富物产，还来自食不厌精的生活方式，以及人流、物流所碰撞出来的挑剔与纵情。迨及明清，大运河上的漕运、治河、盐务、榷吏、交通等萃聚一地，高车驷马，市肆繁嚣。挥金如土的商人，为结交官员名流，来往之间，想方设法延揽名厨，以至送厨师成为日常人情，而厨师间的较量与融合，烹天煮海，在菜系、菜谱上穷奇极妙。"馔玉炊金极毳鲜，春秋无日无华筵""下至舆台厮养，莫不食厌珍错"，就是对那个以"吃"著名的年代的描述。淮扬菜是渐渐顺着河流北上的，也是顺着河流向南方周遭开枝散叶的。

淮安一地，从地理上说，是南温带向北亚热带的过渡区。水的滋润，让这里的沃野平畴，天生就是万物聚生之地。山温水软，稻香鱼肥，牛羊猪兔，鸡鸭鹅鸽，应时应节，都可成了餐桌上的美味佳肴。而这些土特产，品质上佳者，人们都以"淮"姓封之，这也是最早的品牌产业化吧。

在淮安吃的几顿饭，上桌必有鳝鱼，当地人叫长鱼。洞庭湖区也是吃鳝鱼的，但以爆炒为主，不及淮扬菜那么精细。而始于乾隆年间的长鱼做法，已经有了八大碗、十六碟、四点心的标准菜系。后来，同治年间的名庖们又使出浑身解数，用淮地乡土特产参与到108道长鱼席的制作中，可谓在当时创下了后人也无法超越的珍馐美味。

水边上活久了的人，世代相传，会有一种天性的达观。水的来去，也有给人带来困苦伤痛之时，但水边上的人善于融苦于乐。丰年自然是心满意足，觉得上苍待之忒厚，灾年亦能安贫乐道，把穷日子过得有滋有味。滋味是因为水，也是因为淮扬菜以淮产烹淮菜，取料平易，物尽其用，又追求味众至和，咸淡酸甜苦辣鲜。这应了孟子的那句"口之于味，有同耆也"，即男女老幼，都觉得好吃，也都喜欢吃。饮食口入，却是让眼、鼻、口、舌、肠胃等身体器官参与，水与生命的哲学意味就潜藏其间了。

有天夜里，朋友请我们去吃淮扬菜，说起了离饭馆不远处的中国南北地理分界线标志园。淮河—秦岭一线是我国气候、土壤与作物的分界线。公园就在市区淮海北路和东侧的古淮河两岸，园里建的一座桥即分界线所在，双脚跨南北，左右顾盼，南北风景似乎真有了些许异样。北方阡陌纵横，南方则是"船为马，河为街"。在南方人心里，这道线过了就是北方，也像棋盘上的界河，将南北相望了，也就是分别之地了。于是南方人那些依依不舍地送别，是要送到淮河岸边的。"南来漕船……姻娅眷属，咸送至淮，过淮后方作欢而别。"从大运河的南端，走再远，再深情，到淮安后，就到了终须分别的地界了。我想，过去淮河岸边、淮安城里的那些酒家，一定是常有歌乐之声和伤离之泪的，每一处也都是南方人启程他乡的"长亭外"了。

是夜，许久未能入眠，仿佛隐约听到大运河涌动的涛声。多少年了，艨艟连翩，艄公纤夫的歌谣与涛声依旧。身为世界非物质文化遗产，大运河的每一段都有其独特的色彩、声音和气味，有其被流传的气质、故事与梦想。回想在淮安大运河旁的行走，与流水有关的记忆，是与大地、阳光、声音、旷野和风雨在一起的。这条绵延近4000里的长河，在漫长的时间里，无论谁走近她，在哪里都是启程，何时出发都是启程。从启程始，我们与世界就从没分开过。

第二辑 对一个冬天的观察

对一个冬天的观察

> 我站在阳台上
> 伸懒腰，踱步，吹口哨
> 整个无所事事的样子
> 整一天时间
> 好像无比愉快
> 而楼下穿梭的人们
> 我观察到的劳动者
> 满脸忧愁，我不知道
> 我是否令他们耻辱了

这是我1998年的一首诗歌，这是我第一次在文字中写到"无所事事"一词。它表面上的贬义被我置换成生活舒畅的代名词。我回忆它，连同回忆过去的生活带给我的改变。

2002年冬天，又是一个短暂的假期，我住在租居的小屋里，顶楼，夏热冬冷，凌乱不堪。我起床很迟，被子里是最暖和的地方。我听到附近工厂广播里的音乐传来，楼下早起上班的人开门、关门、推单车的笨重声音，风刮起窗户空洞处的尖利回旋声，可它们与现在的我无关，我又幸福地进入了第二次睡眠中。我喜欢侧身卧睡任时间流走，虽然这种生活方式令醒来后的我痛恨。但我有理由抵抗，冷。这个冬天，不是一般的冷，拿书的手冷，眼睛冷，椅子冷，房间里的一切表情冷淡，像是面对一群悻悻的老人。打开伴随我几年的二手电脑，机箱的声音轰隆隆的，像抗战纪录片中战斗机的呼啸音。房间只有一个廉价的烤火炉，再没有取暖的工具，而且只剩下一根灯管发光，红色的光线力量微弱，室内温度并不因它的存在而提升。从它们看得出我的生活多么窘迫，这都是我一手造成的。从小的传统家庭教育我在任何事情上履行"先苦后甜"的训条，于是我自觉地追求生活的零限度。

吃饭，对这件每天要三番两次进行的事情，解决的方式很简单。离楼不远的拐角处有好几个棚屋，其中一家外地人，提供优质的扬州炒饭，还有面条、馄饨、米线。一碗炒饭送一小碗紫菜汤，还有公共的腐乳和萝卜。干净简捷地解决吃饭问题，是许多像我一样的人普遍存在的心态。我找着丰富的借口然后成了炒饭店的常客。与我一同光顾的有附近就读的学生、工厂的单身男女、形形色色的民工。在扒拉着香喷喷的炒饭时，他们的服饰、言行让我感觉到隐隐约约的不安，别人以为我处于比他们优越的状态，而我并不比忙碌的他们幸福。

还是那个冬天，我断断续续地在闹哄哄的电脑上写着小说。某个上午，天气颇有好转，追踪我一个多星期的感冒也好了。我的心情舒畅。走到没有建筑材料包围的阳台，搬张椅子，不过我没坐下来。有风，阳光带来的暖意有限。我像只不知忧愁的笼中鸟，蹦着跺着，从小客厅（兼卧室、书房）到厨房、到厕所，又从厕所到厨房到小客厅。我并没感觉到冷，是真的不知道该干什么，才能不虚度这么好的时刻。我也发现这么好的天气里所陷入的"困境"——无烟可抽、无酒可喝、无物可食，还有电脑里的小说，现在可以结束也可以继续啰唆，还有书桌上摊摆着的那些互相挤压的书，没有一本能让我安静地阅读。无所事事的人，不是过完这个上午就会结束，多么可怜的我，在今天才真实地感受到。

而那锈迹斑斑的铁门外，我对门的三口之家外出了，铜锁挂在那里，我猜想男人是买菜去了，他没有工作可有稳定的经济来源（某处闹市店面的租金）。他的妻子在一家纸箱厂工作，小孩上幼儿园全托班。他更是常常地无所事事，不过他按捺不住内心的寂寞，会楼上楼下地来回串门儿，站在阳台上和熟识的路人大声打着招呼。我讨厌他的做作。两个无所事事的人相邻而居却没有共同语言，多么滑稽，多么无趣。

如果没有一个送煤人的到来，这个上午会和许多的上午雷同。一眼就能辨出的外地送煤人出现在这个上午，他小心翼翼地敲门，问我知道对面的人上哪儿去了不？在这片小区里，我压根儿不认识他，但经常会遇到他和他的妻子，或者同伴。我摇着脑袋，然后告诉他煤就放在楼梯间，像平时那样。他和他的妻子，开始像蚂蚁搬家一样地从1楼爬到6楼又返回。煤薄薄地贴着墙码到半人多高，其间男人不小心弄碎了一坨，马上遭到妻子的责怪。男人不作声，低头认错并谨慎起来，搬煤的速度渐渐放慢。倦怠的情绪在身体里蔓延。因为一坨煤的破碎，两角六分钱，对于搬煤人来说，却是要搬几十坨煤的报酬。妻子把楼梯间的杂物清理整齐，煤码放平整。我从阳台上看到男人拖着板车到别处转悠去了，妻子则守在楼梯口的阳光里等着拿钱。

我一个电视台的朋友，做过一个"特别视点"节目，跟踪采访一对河南来的搬煤夫妇。他们早出晚归，拖着板车从煤厂出发，到达城市各个角落，生活的限度总是降到最低。更令人同情的是，他们的大儿子瘫痪，小儿子到了入学年龄却无缘进校门。这些构成了电视节目的看点，也多少获得来自社会同情的唏叹。可悲惨的事情在采访结束后不久发生，男的在横越铁路送煤时为抄近路被轧死了。那是一个偏僻的拐弯段，没有红灯警示，而他的板车在铁轨上卡住。他是为了"救"一车煤死去的。他的妻子忐忑不安地揣着铁路发的2000块钱，伤心地带着孩子离开这座城市，是回到家乡还是到另外的城市流浪，无人可知。朋友说这件事时我们正坐在一家酒吧里，杯里的酒在手中晃来荡去，它的花费要超过那车煤一大截。

也许应该记住这个冬天的理由还有很多。不想说出具体日期的那个夜晚，我像只懒洋洋的猫窝在一家咖啡厅里。空调的暖气，灯光的柔软，音乐的颓靡，让我沉浸在一杯叫"夏威夷"的咖啡里。银勺子和杯壁碰撞的声音异常清脆，它搅动着咖啡色的液体，速度越来越快，一个个漩涡漂亮地飞转着。我拿着勺子，唯一的运载工具，不时地去舀一勺方糖，舀一种细细的叫不出名的粉末，还有白白的奶昔。这一刻，时间静止而又那般美妙。而就在这种不会常有的"陶醉"中，一个朋友儿子死讯的电话，如一支穿过城市建筑和华灯映射的街道，穿过咖啡厅的大门和厚厚的雕花玻璃，闪着橘黄色光芒的箭，命中我的心脏。我仓皇地奔向医院。仓皇，准确地说是仓促和惶然，无法面对的事实已经发生。那个可爱的小家伙，活蹦乱跳、眼睛大大的小生命，他1岁的生日刚过几天。内心的悲伤在冬天的夜晚是那样地掷地有声，像鞋跟打着水泥地面，"啪嗒，啪嗒"。我意外地感觉到脚的不听使唤，不像是长在自己身体上。到医院后，一群人正慌乱地钻进几辆出租车里，朋友的孩子被裹在一件黑色的衣服里。他们将以很快的速度把孩子埋葬到郊县的乡下老家。我们被抛在车的尾气里，朋友的妻子、母亲的悲恸足以凝固这世界上的一切液体。总有那么些死亡出人意料地发生，离我们这么近，我们却一点也不能先知先觉。

还站在冰冷的风中的我们，议论着这一桩不甚清楚过程的死亡，似乎平日追逐着别的什么的我们才悟出"健康"和"平安"两个词语的深长意味，还有那个一向颓废的朋友，在经历丧子之痛后，将准备怎样应对人生。

就是这个冬天，严重地伤害了一些人。我想到那些还在咖啡厅里欢声笑语的人，说长道短的人，交流着秘密的人，漫无边际地聊天、一壶一壶研磨着咖啡豆的人，也许他们多少猜测过一个男子仓皇离去的原因。他们，我，咖啡，医院，死亡，以及哭泣的眼泪，如同泥沙俱下般地从这个冬天滚过去。

这个已经过去的冬天，肯定还有一些其他事情发生过，属于它们的记忆变得模糊和不确定了。但如果我安静下来认真地想，一定会浮现出一些个人经验范围内的细节。我记得，后来我仍然无所事事地写着我的小说，到现在仍未发表的小说，让我将那种状态持续在不知不觉中，比住在对面的男人还要无所事事，他有楼可下，有楼可上，有妻子和儿子在身边哼哼唧唧。但我知道我们之间不同的是，我的意识、我遇到的那个送上门让我观察的送煤人，那个晚上从咖啡厅到医院的经历，帮助我离开那不可避免的一段无所事事的生活。

一个人的生活常常因事件影响并改变，于是我从一个人回到一群人的生活之中。

与一棵树的相遇

对于刚刚过去的那个冬天,我的记忆往往是停留在一个乡村、一座普通的房子以及相遇的一棵树身上。那条我只走过一个来回的乡间小路,我说我对它记忆深刻。路边栽种了些不知名字的树,左边的比右边的要多,多8棵;路口处有一家杂货店,老板娘正在里面清扫,柜台上的亮瓶里,装满了各种各样的吃食;有几个孩子就看着亮瓶上的一块块光斑流着涎水。往前走300米,一间红砖房子,就是我要去的地方。

这是一个又没有飘雪的冬天。我回忆起那条路、两边的房子、被抽干水的小池塘里黑色的淤泥和栽在塘边的树,以及所有的细节时,心中都涌起一丝丝扯不断的快乐。譬如那些树,一棵棵郁郁葱葱地长着,长好了,将来有哪户人家娶亲或出嫁,它就派上用场了,喜庆将沉静的村子唤醒了。我尤其记得一棵树,在众多的树中,它似乎一直在坚定地信守一次承诺,等待着我们相遇的这一天的到来。

屋后的这棵泡桐树上刻着一个人的名字。一笔一画,有板有眼,是用那种廉价的小刀刻的,可以看出小刀在手中用了很大的力,每刻一笔的过程都很缓慢,还有字里行间藏着的幼稚。女孩把我带到树前面。"这是我的名字,大约是春天刚开始的时候一个同学刻的。"她说。那年她才7岁。

具体细节,我不能确切地知道,她不说,我只有想象。那一定是一个春暖花开的日子,她和她的同学在屋前屋后撒开腿地奔跑着。跑累了,她们就蹲在屋后边的小路上,看地上奔波的蚂蚁。其中有一个同学掏出一把随身带的小刀,她们就开始玩"分土地"的游戏。画一个正方形,将小刀用力刺进泥土里,然后画一条长线,线这边的土地归一方了,最后看谁分得的土地最多。这样的游戏谁胜谁负都无所谓,重要的是她们玩得开心。游戏结束后,有一个同学拿起刀,提议在每一棵树上刻一个人的名字,名字会和树一起长大。于是她的同学首先在树上刻下她的名字,因为她的名字好听,像秋天林子里鸟儿婉转的歌声。这棵泡桐树的皮肤还很稚嫩,我们可以想象,它忍着小刀给身体带来的剧痛,甚至是绝望地承担着一种幼稚的伤害。"是哪个调皮的小家伙,把我美丽的皮肤划开?我的鲜血已经在一丝一丝地往外渗。"在泡桐树的内心深处,一定有了这些悲伤。

当名字刻完的时候,她的父亲出来制止了她们的行为,小树也是生命,要像爱护自己一样爱护小树。她们惭愧地低下头,她偷偷地瞟了一眼身旁的树,在青色的树干上,她的名字刺眼地显现于跳跃的阳光下面,树上的每个字都是静谧的,也许它在树的身体里搅起了一种声音,而人却无法听见。在名字周围是湿漉漉的一片,不知是树的泪水还是血液?她的心头一颤一颤的,不知是快乐还是忧伤?

从刀子在树干上刻画的时候,名字就融入树的生命里。十几年过去了,名字一直和树一块儿生长着,和时间一起流淌,笔画之间再不是湿漉漉的了,而是结了痂一样的黑色。这棵刻着名字的树,名字是她的代号,也是树的代号。许多次,她的父亲想到了砍倒这棵泡桐树,给家里添一张桌子、一把凉椅,或者几件别的东西,可又止住了这个念头,是树干上的女儿的名字提醒着他,帮助他回忆。树也是生命,要像爱护自己一样爱护树。

一些年前,那个名字被刻在树上的女孩来城市求学工作,起先的日子，像一棵乡下的树进入城市，离开了蔚蓝的天空，离开了新鲜的空气和宁静的环境。站在车来人往的十字路口，喧嚣的汽笛在耳膜里震动，绿色变成了五颜六色，空气中弥漫着一种怪怪的味道，她的头有些轻飘飘，方向感顿时殆失了。但她像是一棵天生就知道挺拔才是美丽、适者才能生存的树，很快在城市的水泥地里开始一种新生。

有一天在梦里，她回到家乡，她的脚印深深浅浅地留在田埂上、乡间小道上，比城市里的广场更广阔的原野里多了她的呼吸，她和田间的各种植物、小路池塘边的树亲切地聚会。那些儿时的玩伴、同学大多走出去了，或者嫁了人家，也像她一样开始了在城市里的漂泊，但就像一棵树无论长多高，它的根仍在地下一样，在她思念的一头，是无比熟悉和热爱的田野、沟渠、小桥和树。

与一棵树在冬天里相遇，让我对树有了别样的认识，似乎多年以前就有过相遇的预感，我爱上了这棵长得并不出众但刻着名字的树。树，一如既往地峥嵘地生长着。我问她是否一直恋着这棵树，她说树在她心中，永远地有了意义。在这棵树的身体里，刻着的不仅是名字，也有她的思念和记忆、领悟和希冀。

一树悲凉

如果不是两位长者的引领，那座四合院也许一辈子都会在我的视野之外。偌大的北京城，眼睛是非常容易被花样别出的新事物诱惑的。高大威猛的建筑像安上滚动轴似的遍地开花，一个无法逆转的事实——四合院在城市现代化的进程中逐渐消失，似乎只剩下这一座——悲凉四溢的四合院。

宣武区北半截胡同41号。这个旧式地名在今天成了一个符号，并不能代表一个具体、标志性的位置。这从我们的寻找过程中的几度打听可以看出，被咨询者常常回答我们的不是一脸哑然就是"好像……"我很是纳闷，我今天要去的地方，不会是一个子虚乌有之处吧？

当我们的车过了热闹、阔大的菜市口的十字路后戛然停下时，我们的目光被粉饰一新的红院墙上的字眼——谭嗣同故居——吸引。这就是我们要找的地方，此前的费尽口舌却在不经意间抵达。上天在考证我们的诚心之后，把这院子推到了我们面前。

墙壁上凹下去的5个字，让我的情绪在瞬间兴奋起来了。我站在院墙外的牌铭前，简明扼要地回顾了一个英雄的简短一生。回顾文字中渗透的隐藏在历史中的血与泪，还有同行者虔诚的目光，让我突然意识到在这里我要做出的是一种仰视的姿态。

当年怀着满腔热血应诏赴京，肩负维新变法使命的谭嗣同，目光非常地清澈。当他从老家浏阳千里跋涉而至北京。站在那扇尚未修葺、油漆剥落的会馆门前时，心情是高兴还是沉重？眼神中的坚定和锐利没有丝毫的晃动吗？留给我们的是想象的空间。最终的结局是谭嗣同连做梦也想不到的。

　　站在宣武门外，谭嗣同有些激动。他对这个地方非常熟悉，1865年他出生在宣武城南，13岁之前他没有离开过京城，青少年时代辗转湖南浏阳、甘肃兰州等地，后又回到了会馆云集的宣武旧城区。这一带从明朝起就被笼统地称为"宣南"，它包括了今粉房琉璃街、骡马市大街、菜市口西大街、教子胡同、南二环路。谭嗣同像一只鸟，在外转了一圈，又回到了"宣南"这个他生命开始的地方。他走过宣武门，停在了箭楼下吊桥西侧立着的一块上书"后悔迟"的石碣前，这是给那些即将赴刑的人看的，以警示他人。那些为变法奔波的日子，无数的夜晚和白天在菜市口一带行走的谭嗣同，应该经常与这块石碣遭遇，以及最后从刑部大牢到行刑之处的途中，押解的囚车有意地在石碣前多停留了片刻。难道谭嗣同未曾考虑过后果吗？自己在做些什么他心中是最清楚的。熟视无睹的他也许从未把那三个字、血淋淋的杀人场面看进心里。

　　与今天的清冷气氛不同，当年这座四合院里书生意气，挥斥方遒，那些热血沸腾的士子们聚集在院子中央的那棵大槐树下，兴奋地迎接谭嗣同的到来。对于从家乡来的我们，红漆的门框里少了两扇木门，院落里人影都闪没了。有人轻吟一句"先生在家否"，像一把笤帚拂开和落叶堆积在一起的尘土，院墙好像隔断了外面的嘈杂，静谧汹涌而来。这份静，符合我们的心意，毕竟喧闹不是谭嗣同的本质。他冷静地打量着当时内忧外患的中国，打量着优柔寡断的清光绪皇帝。也正是他的冷静，像一道光，扫过京城阴霾的天空。在中国历史上他绝不是扮演一个喧闹角色的人。

　　一踏进院子，内心残存的那点兴奋意外地消遁，唯一有的是警觉。

我们散开，又很快相遇。原因是这四合院太小，房子又矮又旧，院墙周围码着各式各样的杂物，挤得巷弄里的路瘦仄瘦仄的，还把对陌生者的质问冷漠地写在脸上。我要寻找的是什么，连我自己一下子也迷惑起来，展现在眼前的是"年久失修、杂乱凄迷、萧瑟孤立"这些词汇和在寒风中打冷战的狗，檐头飘摇的狗尾巴草，角落里沾满灰尘的煤，低矮残旧的墙裙，门窗紧闭的小房间，还有三棵皮肤皲裂的槐树，这些都不是想象中的。可我又能说出想象中的模样吗？就是到了离开那院子多日后的今天，我似乎仍觉得那只是个梦。

莫名的一些思绪紧跟着冬天的寒风跑进我的身体里，莫名的抖动黏附上了我。1898年9月28日，41号四合院里居住的人们在这一天倾巢而出，他们把脑袋瑟缩进发白的长袍领口，同样怀着颤抖的心情，步履蹒跚地走向菜市口。这个以砍头而著名的地方，让全中国人心惊胆战的古刑场，在这一天砍断了谭嗣同、林旭、杨锐、杨深秀、刘光第、康广仁6个人的呼吸。谭嗣同在凛然地喷洒颅内鲜血之前的绝命词"有心杀贼，无力回天；死得其所，快哉快哉"在菜市口的上空荡气回肠。这一年是农历戊戌年，人们给他们一个称谓，在数年后的历史教科书上这个称谓被更多未能亲历现场和亲历那个时代的人记住——戊戌六君子。谭嗣同作为六君子之首，在被捕前几天，他正在四合院北边的那间"莽苍苍斋"书房里奋笔疾书。9月18日，他对袁世凯的深夜拜访，其交谈过程如今已埋葬在时间和消亡生命的尘土中。有人说，要逮捕谭嗣同的消息传出后，前来通风报信的人却是垂头丧气地离开的。因为谭嗣同决定留下来。也许在某些人眼中，变法失败了，谭嗣同的鲜血白白地溅没在清朝晚年的沉沉黑夜里。谭嗣同在等着慈禧的人来抓时，就已经做好了赴死的准备。他不是厌倦了生命，而是深知"变法未有不流血者"的道理。"中国变法请自嗣同始"——他执意向世人展示生命可以创造的另一种价值。

如果不是遇到那个扎着围裙的大婶，残破的屋墙和紧闭的门户早让在院子里穿梭几个来回的我们对"到底住没住人"心生疑窦。其实在院落的每间屋子里，都有人居住。这个58岁的大婶，从她8个月大时就住在这座四合院里，一直住到了今天。她指着磨损厉害的石阶说这是一直保存下来的，指着那3棵槐树说，原先的5棵砍掉了两棵是因为人多要搭房，指着灰头土脸的那间房子说，这就是谭嗣同的书房"莽苍苍斋"，她小时候住过的地方。如今她住到了侧对面的矮平房里。我们问她，现在"莽苍苍斋"住的什么人？她连说了几个好像，最后也没说出准确的名字。

浏阳会馆，菜市口，一个人的生所与死处竟是近在咫尺，这就是历史常常与人开的玩笑。在这院子里，我的眼睛四处搜寻新奇点的旧迹，收获几无。

同是"谭嗣同故居"，位于京城的这座现在挤挤挨挨地居住着20来户人家的四合院、当年湖湘士子纵横时事的会馆，最后成了谭嗣同从容赴死之地，同他浏阳老家"深三进，广五间，三栋两院一亭"的大宅院是无法相比的。这是叛逆的谭嗣同的悲剧之因，作为巡抚之子，既得利益集团的一员，但他却时刻惦念社会的改良，以及同那个旧时代决裂。这注定是要有血的代价的。

在这位大婶热情地向我们介绍时，我贴近那早已经蛛网暗结、尘土满梁的"莽苍苍斋"的门窗，玻璃给灰蒙住了，门缝里黑洞洞的，一无所获。

我大胆地揣测，临刑前，这位"向死而生"的英雄脑海里想着什么。他那首"我自横刀向天笑，去留肝胆两昆仑"流传至今天，依然像一排排巨浪拍打着无数后人的心怀。在他的脑海里，翻腾着的是峥嵘岁月里同那些维新志士秉烛夜谈的情景，还是赴京前夜与妻子李闰对弹"崩霆琴""雷残琴"的弦乐，抑或是感慨他未能及时描述的变法后中国的崭新前景？我听一位长者说他专程看过现陈列于湖南省博物馆内那把"崩霆"七弦琴，是谭嗣同亲手制作，取材于老家院中的一棵被雷击倒的撑天梧桐树。1898年5月深夜，在浏阳北正街那座庭院式大宅内的对弹，一曲成诀别。这一曲，自然勾起无数情感丰富者的浮想。而同谭嗣同聚少离多，又知书达礼、忧国忧民的妻子李闰，是翰林之女，这个后来被康有为、梁启超二人赠匾"巾帼完人"的女人，自丈夫死后就改名"臾生"，在她的简历中有"创办浏阳第一所女子学校，热心建育婴局、办学校等公益事业"等记载。她在浏阳的故居里度过一生，从未到过京城，"北半截胡同41号"在她心中是个伤心之地，也是一团挥之不散的阴影。对李闰来说，谭嗣同的西辞和他人赠予她的名望又有多少用处呢？她也许需要的只是谭嗣同活在这个世界，平安地陪伴在她身边。

还有一位既是臣子又是父亲的男人，在那个噩耗传来的夜晚，他也只能压抑心中的哀恸，去安慰哭泣不已的媳妇。他清醒地看到也说出来：将来儿子的名望必在父亲之上。这位一生为官清廉、处世慎微的、既得清朝廷恩惠又受政变牵连被革职在家的前湖北巡抚，在他给儿子写的挽联"谣风遍万国九州，无非是骂；昭雪在千秋百世，不得而知"里，我们触摸得到他内心的矛盾与痛楚，也能看到他为儿子壮心未酬的超然与淡泊。

四合院没有门，没门的原因我不知道。外院墙上的红漆和白格线，浅俗得很。大婶指着左边离正门两三米的地方说，以前门在这里，前面有排瓜架，听大爷们说，谭嗣同死后，瓜架就废了。

没门也没了门房，可谭嗣同的尸体是那个姓刘的门房收回来的。刘门房和两个仆人从凄凉的刑场上，找回了"谭嗣同"，又连夜缝补好身首，借一寺院停落，第二年才将其运回湖南浏阳。熟悉这一掌故的长者向大婶询问门房是否还有后人在。大婶引我们走到大院门左侧的房子前，示意那门房的亲戚就住在这里。

我们敲开那张挂着一块发潮旧布的纱门，房间里逼仄、凌乱，煤气味、煎药的气味、潮闷的气味扑面而来。坐在床沿上头发斑白的老太太喘息声特别重，一见便知有病缠身。她把我们的问好和解释当作耳边风，对来这里参观和调查的人，她已经熟悉和麻木了。"您住多长时间了？""过去那门房是您什么人？""您对谭嗣同是一种什么样的感情？"……我们接二连三提出的问题得不到回答，就像我们在自言自语。煤炉上的铁皮水壶开始低鸣并一缕缕地冒气。后来我们弄清楚了，这位老太太一家是那个保全谭嗣同遗身的门房的后人。他们都是善良的人。走出这间房子，老太太的喘息声更重了，"人间烟火"在这里掺杂了许多现实的因素而变得尴尬、沉重。历史与现实的矛盾遗留下来，让院子里所有的人彷徨，不知所措。

我站在一棵树皮皱皱巴巴的槐树下拍照，抬头只看见光秃秃的枝干像无数细密的手伸向白蒙蒙的天空，似要去抓住那些生命中的虚无。一股冷风从巷子的深处飕飕地蹿过来，绕着被斑驳陆离的枝影纠缠的我，绕着院子里一切有生命的东西，也一定缠绕过消失了的那些东西。突然，我悲从中来，连同脚下的土地也狠狠地颤抖起来。我那些悲凉，是我自己的，还是在这个院子里生长了100多年的？它们也许是顺着树枝和树干流下来，落到我的头顶上。我喜欢被这样的悲凉包围，又渴望这悲凉只是像我这个过客一样地来去匆匆，毕竟把悲凉抛弃给生活在院子里善良的人们，显然太不公平。

从四合院出来，弯下斜坡，前面就是开阔的菜市口。菜市口的十字路成了一个坐标轴，而谭嗣同故居是这坐标上绝对抹不去的一颗圆点。我仿佛看到一个身影，脚步疾速，他从对面的人流中钻出来，从菜市口顺右手往南走过几十步远，拐上路边的高坎儿，钻进那一排绿油油的瓜架，从瓜架后就可以走进他的"莽苍苍斋"——今天落寞无比的谭嗣同故居。这个身影同我擦肩而过，我们对视一眼，我似乎看到一个中国文人、一个典型的理想主义者不悔的坚定。

  当我在离开的那一刻和身处异地的今夜回眸时,那座院子在脑海的大屏幕上变得格外刺眼。那一天,冬天少有的灿烂阳光打在残破的屋顶上,扑打出一束束裹着如烟往事的灰蒙蒙的光。光束里透射出的一双如锥目光,正细细地审视着四面穿梭的车流,匆匆的脚步,那些用钢筋、水泥、玻璃耸立起来的建筑,也审视着院墙内的一树树悲凉。那悲凉,<u>丝丝</u>缕缕,从时空中渗漏。

零碎生活

一

1999年至2001年10月。

我的生活。我的夜晚。我想起来，它们大多与以下一些名字有关——艾菲尔、西雅图、零点、城市部乐、世纪2000、天上人间、1779、维也纳、维多利亚、伍德堡、圆缘茶、假日茶、香格里拉、莱茵阁、秀玉坊、巡洋舰、黄飘带。这是些酒吧、茶吧的名字。

其间我常去国际大厦底层的"西雅图"酒吧——在地面以下，一个位置有些特别的酒吧，一坐就坐到12点。那是个单纯的酒吧，就喝酒、听歌、聊天。现在它变了，令人伤心地变。提供的服务多了，搬到地面上来了，名字改成"西雅图休闲会所"，招牌灯异常地闪眼睛。我去得越来越少。在过去的那段时间里每次都是固定的朋友，我们话说得很少，也不玩其他游戏（纸牌、跳棋、智力玩具），一直就听那里固定的乐队演唱。乐队名字也很特别，叫"惰性元素"，在大学里就成立了，主唱长得矮矮胖胖的。他们唱自己挑选的歌，也唱我们挑选给自己的歌。还有一个叫阿莲的女歌手，长发，声音哑哑的，像田震，后来没有原因地不见了。我问过好几个服务员，她们也是新来的，只是说去其他

第二辑　对一个冬天的观察

地方唱了。

　　在酒吧里总有一种感觉，强烈地缠绕着。就想这样一直坐下去——周围有人畅怀地笑，有人聚头私语，有人小声哼唱，还有人像我一样木然。脑子里不知在翻转些什么。只有想到明天要早起上班，才在心底惊一下，说好了，12点准时走。周末才可以待得更晚。这样就有许多次夜归的经历，累积成生活里的一些元素。像2000年的3月，天气不依不饶地阴霾着，雨一直悠悠地下，这和"西雅图"里温暖、叫人迷醉的感觉形成鲜明的对比。每次走出来，总忍不住打两个寒噤，裹一裹衣服，思想在这一刻也被冻醒。又是夜归。走在墨黑一团的夜里，无论高兴、沮丧的心情都会无限制地被分解，不知道要蔓延到哪里，更不知道已经蔓延到哪里。一切都是不可知的，只有脚步移动，朝一个熟悉的方向。

　　有一次打的士，在离家不远的地方下来，撑开伞，走到租居的那幢20世纪80年代的建筑里去。我的小屋在那里。夜是无比的静谧，除了雨的声音，这个世界把身体的安静交给了夜。收伞，准备上楼。突然楼梯间角落里的一团黑影把我给镇住了，带着无比恐慌的我站在原地没动。我不认识他，一个四五十岁左右的男人，埋着头，蜷缩成一团，旁边放着两个旧式黑皮包，旧式拉链鼓鼓地胀开着。也许是我跺脚上泥水的声音把他给惊醒了，他抬起头，面容憔悴，用茫然的眼神望着我。我们互相都怔住了似的，半分钟后，他意识到了我的担忧，挪动了一下，身体弄出的声音哗哗地响。在我怀疑他是否有不轨企图之后，我轻轻地安慰并鼓励自己从他身边走过，拐弯上楼，但我有所准备，潜意识中是一场搏斗。

　　后面还是夜晚。一切都很平静，什么也没发生，也许让人失望了，但我久不曾发生的失眠涌过来。不知道他是谁，来这里找谁；是找不着地方，还是谁不在家；或者他已选择在楼梯间的角落栖息一个晚上。这里不是很干净，可看上去这个夜晚是属于他的"温馨"之地……习惯性的疑问在头脑中翻滚,不知何时才昏沉地睡去。第二天清早,我上班经过昨夜男人坐的地方,只看到了一摊隐隐的湿迹,人已经走了。

就在那事发生前不久,我收听过本地的一个谈话节目,讲一个陕西农民拾到一个丢弃的皮包,里面有一万块钱、有证件、有存折,他打电话给失主。包是失主被盗走的,不相信有此等人,就约了农民送到成都。农民由他弟弟、弟媳陪着到了成都,一去就被警察逮住了。直到农民掏出一万块钱,失主被感动了。这事在办公室讨论过,都说遇上谁是失主,都会受不了。多数人不相信这世界还有这种人,不是自己亲历难以相信。然而这又说明了什么,不就是人与人之间多了猜疑,少了诚信。回到那个雨夜,要是我让那男人进入我的房间,如果他是个善良的人,或许他不会相信我好心的邀请,还担心年轻的我对他有所图谋;如果他是个善于制造假象和利用人的好心干坏事的人,我又会怎样呢?我对自己没有一时冲动将那不知来历的人引进自己家门的做法,是感到庆幸,抑或是伤感?

一个人会经历许多的雨夜。这个雨夜被记住是因为它的特殊,因为遇见一个人,一个令别人浮想联翩的人,一个在恶劣天气的夜晚无"家"可归的"弱势者"。面对夜间遇到的"弱势者",让一个善良的人更加迷失方向。因为是夜,掩住了许多只有白天才能看清的表征,添了几分伪饰和犹疑;因为是夜,所以我把自己裹紧,担心伤害白天累赘的心。

二

2002年。享受阅读带来的喜与悲。

人往往是一不小心就掉进文字的泥淖里。比如读到一位女作家的一篇随笔,慢慢就被她宣泄的情感同化了。她议论着关于同学的话题,直白地说她和昔日同学已经是同也不同、学也不学了。

毕业前夕，校园里最常见的就是一伙子同学涕泪满襟，彻夜不眠，信誓旦旦地约定"年轻的朋友们，十年后相会"；你拍着我的肩，我搂着你的腰，在小酒馆里觥筹交错不醉不归。可过去七八年了，我和那些同学的联系越来越少，几近杳无了。也不知是谁先冷落了谁，谁先遗忘了谁，似乎有些心照不宣，似乎变得无所谓起来。思想这东西的变异随时发生，而感情的变异是叵测的。

难得有个小有成就的同学在去年组织了一次同学聚会。时间早早地定下来了，是一个节日。可临了还是有几个在这座城市里的因这忙那忙很遗憾地没有来。来了的看上去很高兴。聚会是在一家叫"在水一方"的茶吧里举行的，名字很富幻想，环境也挺适合畅谈，也很贴切我们的心情。大家没有顾忌地叙旧，谈工作、理想与生活里的烦恼和快乐。其间，我们的说话不时被来电中断。手机"嗡嗡嗡""哆来咪"地此起彼伏地响起，哪个接起电话，大家都会不由自主地望着他。看着他接完电话，话也不知说到哪里了，于是又变换一个话题。换了多少个话题我记不清了，如此这般过了两三个小时，有的人接了电话便抱歉地说无论如何得走了，有急事或者是领导催办个什么的，最后一句话像约好了似的，都是"以后电话联系"。然后是有号码的相互传给没号码的，大家的通讯本上又多了些陌生的长串长串的数字。聚会在言未了兴已无中散了。

有一个同学没来。幸好他没来，避去了尴尬。前些日子，我去一所学校参加培训学习时遇见过他。那学校的硬件、软件是市里数一数二的，冬天几百平米的礼堂里因为暖气开放，未感到丝毫冷意。那同学就分配在这里。我们也好长时间没联系，原想借此机会叙叙旧，岂料遇到时寒暄几句后他就行色匆匆地穿梭着，像不认识似的。听台上作报告，他大大咧咧地到主席台上端茶进水，交头接耳。当然，我不能肯定他这种"做作"是故意摆给我看的，但他的行为里透出的骄傲和矜持是明摆着的。学习结束，我立刻走了，心中的悲意在寒风中愈吹愈浓，现境里我的那些东西怎能"高攀"上他呢？真是同也不同、学也不学了。

人与人之间是不同的，即使捆绑住也还是不同的，每个人都会走自己的路，道不同不相为谋，之后又是各奔东西了。我读师范时班上的51个同学，除了一人不明就里地离开我们外，其余的都还健健康康地生活在世界上，守着自己的"田地"耕耘着。在电话和网络的时代里，我又不知道怎样去拨通、连接上同学的那根线。

也许哪一天，在大街上遇到一位同学，却面面相觑，对方的名字无法从记忆库里找出来，搜索引擎的结果是"查无此人"。若果真如此，真是人生一大悲事。同学在一起，就像书架上的一摞书，崭新得一模一样，书进了各自的包，命运就无法言清了。同学之间说声走了，就作鸟兽散了，再聚成了一件遥远的事。同学到底是两个人的生命在某一段时间里的短暂相遇相随，还是曾经拥有了心灵上的磨合而意味着天长地久呢？我满心希望的自然是后者。

三

2002年冬天。

雪在我们热切的目光里一直没有飘下来。

关于那只鸟是三四个月前的事了，令我困惑不解的是，为什么在夜风包围的冷冬之夜，我突然回忆起那天的细节。事情发生时我以为不重要的，都涌到记忆的门口。

那天我走进教室时，感觉到了弥漫着的异样，特别是刚跨进门槛的那一步，学生们的目光似乎没来得及从某一点上移开，看得出他们努力掩饰着内心的活动，努力镇静着，可脸上有一丝挂不住的紧张。我没有去想象他们的秘密，3年来彼此间的信任取代了怀疑。终于下课了，学生们一窝蜂地围上来叽叽喳喳地捧出一只鸟。他们强烈地要求我帮助这只鸟，我有些犹疑可还是答应了。

鸟是一个学生在上学路上捡来的，鸟受了伤，一只脚瘸了，另一只脚站不长久，立一会儿就倒下了。我给鸟找来一只废旧的纸鞋盒子，学生又拔了些草、树叶，一个学生不知从哪里给摘来些小野花，有红色、黄色、紫色的，铺在盒子里。学生们围着说，鸟儿的家真美。

那天阳光出奇的好，用得上"灿烂"一词。整整一个上午，我放弃了办公，就琢磨着这只鸟。我看着它，它也只是看着我，我们的眼神相遇时我感到一种咄咄逼人的目光。它的眼睛虽然小，但瞳仁里能看见白色的亮点，看得到某件事物在它眼球上的影像。好几个同事不时地放下手中的活儿，过来逗一逗鸟。于是，鸟就东躲西藏地、瘸着一只腿在盒子里左蹿右跳，有几次它很好强地使足力气蹦出了盒子，落到地上，躲在办公桌的角落里，不愿和大家见面。

整整一个上午，我放弃了办公，陪伴着这只鸟。每到课间休息时，就会有三五个大胆的学生喊报告进办公室来看鸟，更多的学生只能围在门口，轰散了又聚拢了。换了平日有的同事早要叫嚷这群孩子的不是了，可今天他们也被这只鸟吸引了。

这是只美丽的鸟，黄色的羽毛上点缀着其他颜色组合成的小点点，眼睛睁得圆溜溜的，四处乱瞧，闪烁着恐慌和好奇。学生们商量着取个怎样好听的名字，怎样准备中午的食物，争吵着它最喜欢吃的是什么，或者该成立一个班级养鸟小组。这就是孩子的天性，少了成人的那份冷淡，多了些纯真和善良。

下午鸟看起来好了不少，它精神十足地站在盒子里，虽然腿一只高一只低，可伤痕看不大出来了。喂食物的学生向我叙述着他的发现和遇到的难题，我以为它会在学生的精心照顾下渐渐地好起来，可就在放学前的那段时间里,鸟卧倒了,不声不响,眼神散淡,失去了光彩。我猜测着鸟的不幸,又幻想着它能侥幸地逃脱,前后变化的迅疾让我们手足无措,只剩下默默地等待。几个学生在一旁焦急地说不出话来,望望我又望望鸟。鸟生命的脆弱最终带给孩子们的是一种打击,鸟的死亡破灭了孩子们心中美丽的向往。

这鸟,至今我叫不上名字,我以为它叫黄雀,可一位同事说它是白头翁,我没法去查证。我亲眼看着它抽搐着,完成生命中最后一秒的悸动,传递给我心灵极大的触动。孩子们找了花园的一处埋葬了鸟,以此来安慰内心的伤感。许久以来,疏忽着身边的生命存在是种幸福的我,从孩子们那里获得了某种意义——关爱另外的生命也是在关爱自己。

第三辑　象形生活

象形生活

通往无穷的路

两年前在蓝茵阁酒吧优雅的钢琴音乐中,我守在临窗的角落等候一位远道而来的朋友。我还不知道他到底会不会来,我们只是在电话中约好了时间与地点,还有座位的台号,一个我们共同喜欢的数字。在预约时间未到的时间段里,这种等待成了一种心智的考验。我猜想他正在哪里,猜想的答案有无穷种。我等待他推门而入,只是猜测的一种。

酒吧里柔适的一切使人昏昏欲睡,并且于睡眠中浮想联翩。四面墙壁上悬挂着一框框大小不一的画。我右侧墙面上的是一幅褶皱感很明显的印刷品:一个西方小男孩在没有边界的原野上,手中拿着一本书。仔细一看,那本书封面上是一幅相同的画。也就是说,画中有画,如果——我暗想——将那本书无限放大,将会得到同一张画的无数次复制。现在的情况是那一整张画在无限缩小,肉眼看不清楚,仍然缩小成一个点。

在我的头脑中迅速地闪过"无穷"这一词汇,它从我中学代数功课中的"数的无穷"进展成"物象的无穷"。那个倒下的"∞"符号在数字王国中演变成一种神秘的、不可感知的对象。一条线段可以无限地被切割,一段路程 N 次地产生相遇问题。在实践中人无法做到的在理论上得到成立，就像那幅画中画，小男孩手中书本上的画变成一个∞的黑点。黑点扩大，又是一幅同样的画。

无穷是不可想象的。作为一个词汇，表面上的独立存在却又暗藏着无数种拓展的可能与玄机。无穷所构立的生活的对立面充满太多的变数，以至每一个人自我感觉——人的渺小甚至渺茫。

关于无穷还听到过一个故事。某天深夜，一个旅人走进旅馆想要一间休息的房间。当时旅馆已经客满了，但店主瞅见焦虑与疲惫的客人，就说："请等等，也许我能想办法为您找到一间房。"店主唤醒他的房客，请他们换一换地方：一号房间的客人搬到二号房间，二号房间的客人搬到三号房间，依此类推，直到每一个房客搬到下一间房为止。不可想象的事情摆在眼前，一号房间被空出来，迟到的旅人住下来。但是这个令人百思不得其解的问题涌现出来，搅乱迟来的旅人的大脑，为什么房客们移动房间，第一个房间就能腾出来呢？而开始显示的的确是房间已满。直到最后，那个旅人才得以理解这所旅馆是希尔伯特的旅馆。希尔伯特何许人也？伟大的数学家大卫·希尔伯特。他的旅馆是一个有着无数房间的旅馆。

当然不是真的旅馆存在着无数的房间。这又是一个与"无穷"相关的话题，有些神秘，但当它是发生在数学领域，才成其为可能，并且仍然为一部分人认定为悖论。往往是，悖论与真理只是一墙之隔。

"无穷"周围所氤氲的种种空气使人压抑，它所打开的物理上的空间使人心灵愈加虚弱。事实上"无穷"是从数学领域衍生，又复归于数学的。我们从学数数开始，数永远没有尽头，在儿时玩的各种游戏中充分隐藏，只是未被发现。掷币游戏，以正反而论，掷得次数越多，正与反的概率就会相等。在另一个叫"金、沙、江、刹"的游戏中，一把小刀在一块设定边线的区域里划一条直线或任一线，就会有无数种划分的可能。剩下的区域继续划分，到"零"为止。这个"零"是不存在的，只是因为肉眼与工具、时间的限制，导致游戏的结束——刀尖无法找到那个理论上存在、实际上不可能的点。

那天我走过学校操场，亲眼目睹一群七八岁左右的孩子在一位老教师的带领下上一堂数学实践课。每个小孩子手中拿着长长短短的尺子，一点一点地寻找着测量的对象——树叶、小草、石块、球场上的红线。他们在津津有味地奔走着、测量着、相互欢呼地传递着自己掌握到的数据。这些小小距离组成的大世界将被他们逐渐认识。在他们手中，那有限的距离一定测量出了无穷大的世界，我肯定。

我所喜欢的阿根廷作家博尔赫斯，在他几近失明的眼睛里，"无穷"是通过各种经常涌现的意象来展示的。如图书馆（图书馆是个球体，它精确的中心是任何六角形，它的圆周是远不可及的。图书馆是无限的，周而复始的）、迷宫（深不可测）、时间（有无数系列、背离的、汇合的和平行的时间织成一张不断增长、错综复杂的网，通向无数的将来）、故事（每一种结局是另一些分岔的起点）、书籍（某个书架上肯定有一本书是所有书籍的总和）……还有他，为了确定甲书的位置，先查阅说明甲位置的乙书；为了确定乙书的位置，先查阅说明乙位置的丙书。依此无限地倒推上去。这方式颇有些像希尔伯特的旅馆。

对于一个心灵敏感的人，当他被"无穷"的问题纠缠不休时，是否会发出布莱兹·帕斯卡式的哀叹："那些无限空间里的无尽寂静使我感到恐惧。"于是在通往"无穷"的路上，我又想起那句俗套了多年的话：条条道路通罗马。

幻象，幻象

第一次且一直保存在语言表达系统中对魔术（师）的定义，是田纳西·威廉斯在《玻璃动物园》中由汤姆脱口而出的："魔术师使幻象看起来像真相，而我则把真相愉快地伪装成幻象。"

  魔术对于生于20世纪70年代的我们来说是很有说头的。大凡男孩子从小就对它感兴趣，对其中的奥妙更是可以夜不能寐地去探索，而我们少年时代的日子就是在对魔术的追逐中消磨尽的。魔术的魅力就在于它的隐秘性。即使是今天，只要几个趣味相投的朋友坐在一起，聊得最多的可能是在中国赚够了钱与掌声的世界魔术大师——大卫·科波菲尔，猜测他有多少替身，对演出场地的要求如何严格，从他能任意地在夜空中飞翔说到穿越长城，啧啧不已。没有人敢多眨一次眼睛，可还是看不出破绽。

  每个人轮流回忆同魔术结缘的往事，情绪如同被风越刮越大的湖面波纹，想要掀起什么，最后又终是复归平静。小时候就这样，对街头耍魔术杂技的人特别崇拜，并且认定他们是特异的人群。现在知道不过是藏着机关，到底是怎样的机关又说不出所以然。一般的魔术看过一次就再难吊起胃口，有的甚至普通人也能露一手，只有见到特别精彩的表演时才能是目不暇接的样子。不得不承认，魔术是有技巧的，而技巧的妙不可言、妙趣横生又是非粗手脚的我辈所能戏仿的。

  任何魔术都是能用科学来破译的，只是每揭开一张面纱，就会加厚一层人们的叹息，也让魔术师们少了一样可以抖搂的活计。这在今天仍然是我所不能容忍的，我喜欢将真相隐藏成幻象，不允许魔术背后的问题展现。我拒绝收看那类"魔术揭秘"的官方节目，并反感得要命。

  我和朋友们的20世纪80年代是共同的物质匮乏、精神生活不够丰富的。许多与我一样有过小镇生活经历的少年都是跟随穿梭街巷的货郎、走江湖的杂耍人，还有破喇叭高声叫唤的小剧团、帐篷里的马戏与魔术一步步成长的。外地人的到来让我们能够探索梦里的事、世界外的事。我们这群像着了魔的少年经常津津有味地守在外地人的"根据地"门口，见缝插针地偷窥躲在深处的秘密。

第三辑　象形生活

与魔术有关的对我刺激最大的一件事至今还烙在我的脑海。邻家的大兵哥跟来到镇上的某位老魔术师交流上了，捣腾了几个晚上的结果是平时不喜言辞的大兵哥一跃成为少年群中的"红星人物"。他能让一颗蚕豆变成一枚五分的硬币，让一盆清水里冒出几条活泼的金鱼，让一张红桃A转眼成为黑桃K。遗憾的是他没有把其中的秘密告诉小镇上的第二个人，即使是对他崇拜有加、言听计从的小跟班我。他于第二年匆匆地离开了家乡，中间回来过一趟但时间短暂。听说他成了外地一个剧团的挑梁柱，且魔术的花样层出不穷，他不是表演扑克牌，而是将一盆火变成一大块冰，从小木箱里变出一个妙龄女郎。他的名气胜过了老魔术师。然而几年后，这个半路出家、自诩洞窥魔术诀窍的年轻人客死在他乡的一场车祸中。

开始我认定是魔术师大兵哥故意制造的一个虚幻事实，但他再也没出现过。于是这成为了我最熟悉的一个魔术师的死亡，除了震惊，还有惋惜。郁郁寡欢了几天后，我也逐渐淡忘了他的悲剧，我想象他还在世界某个角落的舞台上。现实让我认定是魔术带给他的厄运，在那个老魔术师诡秘的笑容里已经潜伏了很久。哪怕老魔术师曾极力赞赏大兵哥天生是学魔术的料，这块料子终是没能永久地架在房梁上或是摆在客厅里。

人的想象比奇迹和魔术走得更远。而科学又是缩短任何距离的唯一。在《百年孤独》中那个叫墨尔基阿德斯的吉卜赛人"拽着两块铁锭挨家串户地走着，大伙儿惊异地看到铁锅、铁盆、铁钳、小铁炉纷纷从原地落下，木板因铁钉和螺钉没命地挣脱出来而嘎嘎作响，甚至连那些遗失很久的东西，居然也从人们寻找多遍的地方钻出来，成群结队地跟在那两块魔铁后面乱滚"。这一幕在马贡多那个偏僻的地方引起的轰动可想而知。而我从阅读中感悟出"魔术师的第一堂课应该是'一切事物在于如何唤起它的灵性'"。就像那铁锭现在被称为磁铁的东西一样，照样把所有躲藏的事物喊醒并跑动起来。

让这些东西动起来的人是有福之人。这句话是谁说的，好像是小镇上的胡矮爹——大兵哥的父亲，他是在和老魔术师啜酒时说的，大兵哥就待在一边，认真地点着头。我当时没弄明白，但是记在了心中。

在从有限向无限进军的阅读中，我故意地叫自己沉浸于小说、童话、故事、诗歌等充满幻象的文字中，面对它们就像观看一场魔术表演，那种"及"与"离"之间产生的分寸感，特别引人迷醉。如果可以将魔术师比作高超的作者，我是十二分地认可。作者在写作过程中的诘问和魔术师表演中的质疑属于同种障碍，但它们在粉碎后带给人们的是欢呼与惊讶。

有一次，我逗楼下的邻居小女孩玩，抄了一本小女孩的书，拣了一个现成的故事讲。开篇之作是格林兄弟的《花衣魔笛手》。我在小女孩这么大年纪时可没有人拿这书给我读，母亲也没讲过它。第一次接触书是从同学手中借到的，书中有几张黑白的插图。那时我是13岁的样子，这么些年过去了，偶然翻到了，独独这篇感觉亲切。

那城市是德国的哈姆伦，宁静而美丽。一次疯狂的鼠灾搅乱了这里的生活，人们想尽办法也没能治住老鼠。市长遭到民众的指责，大伙聚集在广场上商量对策。花衣少年——粉色的俊秀的脸庞，绿面红底的披风，衣袖宽大，似乎里面藏着更多神秘，脚上一双褐色的鞋，身上耸立着一颗鲜红的圆球，尖顶帽上插着两根色彩斑斓的羽毛。衣装的鲜艳增加了他的独特与醒目，为他的神秘铺垫了一条落满叶子的道路。他静静地躲在远远的地方吹笛子。此时没有人会注意他，只是被他悠扬的笛声吸引了。大伙为这个闲情逸致的少年而恼怒，因为在大家发愁的时候他还感到快乐。少年的快乐在哈姆伦受到歧视。少年答应帮助这座城市消灭老鼠，条件是一袋金币。虽然一袋金币够多，但市长点头表示接受了。于是花衣少年吹起手中的那支魔笛，令人吃惊的是全城的老鼠被笛音牵引着，边走边舞一只不剩地跳进城外的河里淹死了。哈姆伦的老鼠灭迹了，可花衣少年只得到了一枚金币，他被市长和哈姆伦的人们以狡猾的方式欺骗了。

花衣少年临走时，丢下一句话：这个充满谎言的城市会有一场灾难。

哈姆伦城的人们只顾沉浸在庆祝没有老鼠的欢乐中，没有谁在意这句话。岁月的流逝让人们都几乎忘记了那场鼠灾和花衣少年。有一天，城外的山坡上又出现了花衣少年，他的笛声听上去有些沉郁，片刻后变成欢乐的节日曲。哈姆伦的孩子从四面八方朝山坡跑来，随着越来越响的笛声走。花衣少年要带他们去哪里？他自己说是带孩子去一个没有谎言的地方。孩子们高兴地进入一个大的岩洞之后，岩石堵塞了洞口。

哈姆伦城的人们这下后悔了，母亲们哭泣着，父亲们捶胸顿足，但于事无补。垂头丧气的市长又许愿花衣少年，只要他肯把孩子们送回来，他将得到所有的钱。这到底是个美丽的陷阱还是真心的忏悔？谁也不知道。花衣少年再也不会出现。

结尾是这样的："每当圆月当空，人们就仿佛听到委婉的笛声在诉说，哈姆伦的孩子们在没有谎言的地方，生活得很幸福。"

这位花衣少年，不，是花衣魔笛手给哈姆伦人的惩罚也太过残酷了，那么多的父母在一瞬间失去骨肉，仅仅是为了一次谎言的代价。

那支有魔法的笛子是怎样的呀？它曾是我许多夜晚梦想得到的东西，我对它的形状产生过一千种的幻想，最后归结为看似普通却魔法无边。花衣少年用它展示的作用还只是它本身魔力的一小部分，我深深地相信。

花衣魔笛手一度成为我少年时向往的人物之一，悠闲地踩着阳光的鼓点，怀里揣支施了魔法的笛子流浪。我和小女孩在一起选择了这个故事，无非是对过去的一种偏爱。在《花衣魔笛手》结尾后面有一段补白：据说，此文是根据13世纪哈姆伦有100多名儿童失踪事件为基础而流传民间的。这应该说得上是"把真相愉快地伪装成幻象"的故事，读过之后，许多奇形怪状的思考会占据你的夜晚与梦境。你能说格林兄弟不是高超的魔术师吗？

小女孩听得很认真，眼睛一眨不眨。我问她，你喜欢魔笛吗？她点头。我再问，你喜欢花衣哥哥吗？她却是摇头。为什么呢？她说花衣哥哥让小朋友们都没有爸爸妈妈了。我只好解释说，花衣哥哥是想教训那些说谎话骗人的人。女孩说，以后我不说谎。她反问我，我爸爸有时就说谎，大人说谎话，我是不是会被花衣哥哥带走？……小女孩的单纯一举击破幻象的堡垒，将真实提供出来。

要是时间允许，小女孩和我的对话可以无限地延长下去。

一个故事结束了，一段神秘在时间与空间的交叉处保存。幻象，幻象像枝头鸟儿的鸣唱，旋律很好听，但内容不会懂。

野 火 焰

奔跑的火焰把我惊醒。

我困意全无地坐着，几天奔走的劳累活生生被火焰驱逐。接连有烧得正旺的火焰飞快地跑过，沿着铁路线两条延伸的铁轨。车窗是打开的，靠窗坐的我可以将火焰看得清楚，还可以感受到它的气息。铁轨和火车也感受到了火焰的热情，许多和我一样坐在火车上的人，他们一定也被火焰震住了。

火车正穿行在河南的土地上。窗外是平整的已收割完毕的田地。树少，稀稀落落的几棵，成了田野间的一种点缀。大部分农田种的是玉米，那些早就被摘下的玉米被人们搬回家中，用绳子串起来，甩在宅院的围墙上、房顶平台上或禾场上。玉米秆被放倒在地，成堆地分散在田间角落。农人不会等它们自然腐烂，而是习惯性地点燃它们。玉米秆燃烧时发出的"噼里啪啦"的声音是农人心中最纯粹的音乐。而或浓或淡的烟，盘旋上升，四处飘散，于是在这个薄暮时分，你眼前的景象变得魅力四射。周围像是起了雾，稍远的地方目力无法企及。屋和树在烟雾中若隐若现，只有一堆堆被风吹着的火焰，醒目、突兀地与火车一同奔跑。每块田里都烧起了火焰。有的火焰连成一片，声势浩大，十分招展地与你遥相呼应。有的孤芳自赏地躲在一旁，细细品尝着燃烧玉米秆的味道。还有的像迟暮的老人，哀叹风华逝去，不甘心地扑腾出几点火花，冷悻悻地挺着不让自己彻底熄灭。它们在空旷的田野里出现，我突然想到，它们应该叫"野火焰"。

秋收后的时间是火焰的季节。火焰升腾到半空中，像是从地下冒出的另一类庄稼。玉米秆完全烧尽，变成黑灰，慵懒地挤在一起，风一吹，顶多是翻一个身，跑不了多远就散了。它们熟悉自己的使命，那便是滋养来年一茬又一茬的玉米。它们心中藏着一个哲思，深入了身体下的土地，就深入了所有的土地。

田地几乎看不到人。此刻，我们那些在田间辛苦一天的父老乡亲应该收拾好东西回家了，围坐在小四方桌边或者干脆靠在灶台一旁，趁着屋外未暗的天光，心满意足地吃一顿熟悉的晚饭。有火在灶膛里烧着，有烟从砖头烟囱里往外冒，但它们给人隔离和生分之感。它们带着些功利，小家子气，即使烧得再旺，也高不过灶膛。野火焰就不同了，它们带着原始的活力，不受干扰和限制。它们大声呼唤，它们奔跑甚至飞翔，和火车和鸟儿一起，不管多高的天空，多远的路，想上哪儿就去哪儿。更重要的是，屋里的火只烧给一家人看，田野里的火却是烧给一列车的人看的。火车上的人们，会把野火焰带回家，带到更大的城市、更远的乡村，带给更多的人。

我是个远离稼穑的人。不知道收割日子的结束，会有草梗、棉花秆、玉米秆、高粱梗，以及野火焰在广袤的田野燃烧。野火焰，脱离了取暖、做饭这些基本功能，它肥沃田地，肥沃农人的梦想。

在火车上，我数次默念在那个黄昏时分见到的那些不可数的野火焰。它们，记录了我的一次归途；而我，纪念着它们的一生。

有一种永恒

男孩从梦中醒来,揉了揉眼睛。窗外是灰茫茫的一片,又起雾了。昨天的天气预报说24小时天气晴朗,气温18~20℃。男孩怀疑自己是在梦中。

好些年过去了,小男孩长成了小男人。小男人十分喜欢读书,当时,他正捧着一个叫昆德拉的捷克人的文字。文字讲述着一位视力有缺陷的母亲,正在请隔壁的药剂师帮忙摘园中的梨子。这时,庞大的敌人的坦克队伍朝着村庄前进,村里的人几乎跑光了。小男人不明白,究竟是怎样的梨子吸引了老母亲,忘记了生命的危险。

小男孩喜欢吃梨子,因为妈妈说它是一种凉性的水果,上火的人要多吃。小男孩记住了这句话,像容易上火的人会记住过去。

小男人家住的院子里就有4棵梨树。院子中间是一块很大的水泥坪,梨树栽植在两侧,每边两棵,一一相对。树的周围是一年四季装满化肥的大仓库。小男人肯定地说,梨树就是被从大窗口飘出的叫人窒息的氨气吞噬,然后枯萎、衰落的。

小男孩目不转睛地看着梨树,梨花在三月里开放着,雪白,美丽。缕缕阳光穿越茂密的梨花的罅隙,在仅为树的生长而露出一小块圆形的泥土上悄然掠过。有三四棵小草,在树下面摇曳。小男孩非常认真地拾起洒落的梨花,又扔下,再拾起。窗台上梨花盛开,偶尔落下几瓣,梨花浮在妈妈洗衣的大木盆里。一双小手轻轻拂着水，梨花漂向远方。年轻的妈妈望着玩得痴迷的小男孩，她的笑容像梨花一样绽放，很纯白，也很迷人。

梨树下的孩子一天天长大，而梨树的孩子永远也长不大。

男孩在树底下等待，当梨树开始结果的时候。他盼着梨子快快成熟，而希望一次次失落。那些来往运送化肥的车辆，成了没有同情心的搬运工人"屠杀"梨树的工具。他们站在货车厢上，吆喝着把树上尽可能大的梨子摘下来，一棵树遭了灾，另一棵也遇上同样的命运。梨子永远长不大。有时，某某"好心"的工人会塞给男孩一个梨子，然后在男孩憎恨的目光里，乐哈哈地走到水龙头下洗净自己手上的梨子，啃起来。太酸了，他咬两口又"呸"地吐出来，伸伸舌头，手一甩，梨子远远地被抛到阴沟里。

阴沟收留了夭折的梨子生命。

男孩水汪汪的大眼睛里，梨子，青色的皮，黑色的点点，柄蒂细细的、软软的。他从没吃过这些树上结的梨子，它们永远是酸的，像不愉快的记忆容易让人伤心。

梨树在生命的旺盛期遭受挫折和打击，一年一年，再没繁华过，稀稀落落的叶，淡淡疏疏的花。它们被他们商量着要锯倒了。最后一棵树倒下的最后一刻，男孩正背着书包从学校回来。他来不及放下书包，冲上去。梨树枯瘦的树干，身体已经裂开，枝杈也已寥落无几，横躺着哭泣，低低地呜咽。

小男人怀念开满梨花的梨树，怀念蹲在树下拾梨花的日子时，那棵倒下的梨树会一同浮现在眼前。一切都过去了。梨树作为小男人儿时生活的见证者，它的轰然倒下，让人疏忽了它的存在，它们过去是否存在。这是真实还是错误的幻觉？小男人开始寻求、追问梨树倒下的过程，还有梨树对他的引导。是认识事物普遍存在的发展规律，还是对人类轻视别的生命与破坏的申诉?

海德格尔说,任何寻求都得接受所寻求之物事先对它的引导。

小男人现在把梨树的存在当作值得思考的东西加以深思,在这么思考的时候,他首先体会到的是人类对其他生命的践踏。小男人说,如果,事先那4棵梨树是长在果园里,以树为邻;如果,人们发现它们受到虐待,马上移植到某处水土肥沃不受侵扰的地方;如果,小男孩长成大男人……也许,有一种回忆会因此而甜美。人因美丽的回忆而活得快乐。

小男人的目光落在昆德拉的文字上。在那个异族入侵的村庄里,在那位摘梨子的母亲眼中,存在的是梨子,敌人的坦克、炮火、屠杀、战争……都是远处的。梨树是永恒的,任何事物的存在,都是永恒的。小男人对小男孩说。

有一种永恒,不是痛苦,也不是快乐。它因事物的消逝而存在,并且永恒。

会言语的石头

每个人都生活在一块石头之上。

石头，圆滑的，有棱有角的，凹着一个窝的，凸出一个包的……无数的石头像无数颗星星散布在脚下。向前，在无路的地方铺一条路。向后，像一个诗人在凌晨之际，用十数颗烟蒂熏制出的几行诗：

> 一块鹅卵石是
> 一块石头的漫游
> 一块鹅卵石头也是
> 它自己的故乡
> 一块这样的石头
> 在不同的时间
> 在不同的地点
> 当我将它取出
> 它就变得沉重
> 当我将它归还自然
> 它便奇迹般地
> 突然间复活

并获得一个石头的

凹凸的自我

　　石头是为数不多的与时间抗衡的事物的一种。在这座城市的步行街广场入口，一块硕大的"太行石"作为广场的建筑性标志赫然撞入漫步者的眼球。看介绍，这块花岗岩石头是有几万年历史的，产于河北阜平县，经水流长年冲刷形成。而我还在图片中见识过古罗马留下的完整或残缺的石头建筑：大剧场、斗兽场、教堂、石甬道、古城堡……清晰的画面透射出的历史气息，会悄然打开一扇门，释放出那些处于睡眠状态的激动分子。

　　石头是最沉默的。我们常形容那些不说话的人叫"小石头"，但是石头叫嚣时爆发的力量可以毁灭一个人。一个不理智的人拿起愤怒的石头朝另一个人脑门儿砸去，人倒下去，石头落在他身体上，所发出的声音简单到"嗵"的一声闷响。石头以尖锐的力量将生命归纳成另一种形式。

　　在许多小镇和村庄，20世纪70年代出生的男孩子都经历过的生活多数变成了影像或文字，我记得我们用一块橡皮包着小石头左右开弓地射向我们眼中的目标的乐趣。那些目标可能是某间房子的玻璃，电线杆顶上的灯泡，树上的一只鸟，河里游着的鱼，某个大家讨厌的狗狗屁股……石头代表我们的心情，记录我们的行为，并封存在石头自己的身体内。我们往往不会找到射击过一次的石头重复这种带暴力倾向的动作。我们从河边、从沙石堆、从一切经过的地方捡起那些被人踩在脚下被人忽视的小石头，用清水洗净，盛在一只透明的玻璃瓶中，外出时就将瓶中的石头转移到一个小布口袋里。口袋的沉重让我们心情踏实舒畅，让我们的目标变得无限庞大且面孔憎恶。我们熟练地取石头射击的动作迅速、准确。我们自己也像石头一样射出后藏起以免暴露形影，石头躺在一个角落，像我们躲起来后的闷声不响。

　　我的一个同学就在这样的战斗中失去了听觉。在那个星期日的例行游戏中，灿烂的阳光洒遍战斗的所在地——小镇砖窑厂，那些平日阴暗潮湿的砖窑洞在晴朗的日子里已经格外干燥明亮。光线一缕缕地透过洞口的窄走道、斑驳的砖柱，洒进了大大小小的砖缝里，这种条件增加了场所的透明性，一些原来可以借助暗淡光线的躲藏之地失去了效用。分成两方的队员们在心底狠狠地呐喊较劲。我们的战斗持续到暮色降临，中过"弹"的在抓紧时间寻找报仇机会，而取得优势的人继续占据有利的位置，采用以守为攻的策略，等待时间结束。在冲锋的混乱场面下，已经暴露身影的一个同学遭遇围攻，他无奈之下举手投降却遭"流弹"袭击。那颗小石头像怀着仇恨的种子，穿过暗淡的光线与空气中弥漫的尘土，穿过某个孩子的发际，最后的落点正中那同学耳根附近，当时就有鲜血从耳道里慢慢地渗出来。另一个人帮他小心翼翼地拭去了鲜血。大家不以为然，一窝蜂地散入夜色中，同学按平常的习惯回家，吃饭、睡觉、上学。但在第二天的课堂上，他眼泪直流，因为他突然意识到，我们的声音离开了他，世界的声音离开了他。在办公室里，凡是参加了昨天战斗的孩子都并排站立着，面对着老师、那个同学和他的家长。没有人承认自己是那一颗石头子弹的发射者。发射者直到今天还是一个秘密。只要我们中间没有人勇敢地站出来，那我们都成了那个隐蔽罪名的担负者。在那毫无顾忌的年龄，我们的行为无意中承载了一次心灵的压抑，一颗远比射出的石头大数倍的石头击中了我们。我永远也忘不了那同学愤愤的眼神里，隐隐地透露出的哀求、恐惧、痛苦和无奈。

　　作为建筑材料元素之一的石头，它的分裂与凝结，跟随人的行为在生活中制造着快乐与忧愁。那些古代遗留下来的令人无法想象的建筑，石头就是催生人想象力的关键部分。几次和朋友们议论埃及金字塔，巨大的石头、薄刀片也插不进的细缝、完美的外观，组合成时间留下的谜。我们议论的焦点都集结在石头的运载、堆砌、切割上，而我早已经信服了其中一种说法：金字塔是世界发展到极限的建筑产物，是从上一个与人有关的世界轮回中留下的，既然人可以有轮回之说，为什么世界不可以？我们和金字塔不是处于同一个时间（历史）线轴上……这个与石头关系密切的谜，曾经搅拌过我数个夜晚的睡眠，它把梦码成一块块石头，安放在我的枕头边，压在我的胸口上。

于是我相信石头是会言语的。它的言语系统属于某个时间段，人绝对感觉不到，它的发音像我们肉眼看不见的尘埃，与我们物质日益丰富而精神贫乏的生活息息相关。

花和草鞋

花，插在瓶里，亭亭玉立，像古典味十足的女子。

第一次来我家的朋友的眼神与她相遇，难辨真假，而我要花上几分钟讲讲她的来历。花瓣只有深紫和淡紫两色，黄的心蕊。草一般嫩绿的茎，在光的扑打里，晶莹透亮，让你热烈感受到很鲜很活的生命力。跨进门的人，坐下隔不了多长时间都会发现她的存在。她的位置像某幅画上的眼睛，你逃不出她的视线，她也在你的视线之下。她是房间里最亮丽的色彩，最传神的眼眸。每个人都不会忘记夸赞：真美；这花颜色真清爽；这花长得真茂盛；你这花买得真好。语气听得出来，发自内心，真诚实意。

我像听人夸自己一样高兴，更精心地照料这花。隔不了几天会用清水洗一洗，早上喷些水在花上。我将她摆在房间里最显眼的地方，占据一张桌子。还有花瓶，是简单、典雅的那种，白的、厚的、重的玻璃制品，价格便宜，站姿很牢固。夜深人寂时，我渴望满肚子的心思说给瓶听，瓶的容量不大，但它多少要收拾一些不好的心情。我喜欢我们之间的无声凝视。

花和瓶本是分开的，因为人的眼光和选择，它们组合了，组合成一个完美的家庭，至少在人的眼中。可惜我们不懂花的语言和瓶的心事，它们自己是否感到和谐与幸福呢？

在偌大一张桌子上,花与瓶的姿态永远保持一致。有时,我拨弄一下花的头发,推动瓶的身体,能听到它们咯咯的开怀笑声。那飘荡在秋风中的笑声,像发自奔跑在田野上的小男孩,声音传播到连再敏锐的耳朵也听不到的地方。

还有——

挂在墙上的草鞋,是手工编织的。草,是农村收割之后堆在禾场的空地上、铺在木床板上、塞进厨屋灶洞里的那种,随处可见。

一根草,轻轻飘荡,几乎没有重量,没有用处,但草与草结盟,就有许多新的东西产生了。草垫、草鞋、草帽、草绳……草鞋是最常见的,在农村里,在偏远的老镇上,在弯曲陡峭的山路上。可在城市里,在水泥钢铁结构里,草鞋是橱窗和墙上的饰品,而且是铺天盖地的饰品中出现最少的一种。

倒挂在墙壁上的草鞋,是我从那座山清水秀的小镇上带回来的,3元钱一双,出的高价钱,在旅游的旺季,物品价格也旺。

半年来,它上了墙,就没下过地。鞋后跟一根细而韧的线绳,成了它在墙上的凭借。它的身体歪斜着,头向下,绑脚趾头的一根绳,像是伸出的手,要触摸大地。

在我简陋的居室里,草鞋下过唯一的一次地。在刷着红漆的地板上,我郑重其事地穿上它,大脚趾和食趾被分开,绕过屋子的现代商品、能上网奔跑的电脑、电视里的灯红酒绿,踱了好几个来回。然后,它被挂在墙上,在白的墙上。草鞋是黄色偏黑的,它离花与瓶不远,我想象过,它们之间是否在夜深的时刻,有过心与心的交流。如果是,它们会说些什么,会议论我对待生活的态度,或者讨论明天是否需要出去晒晒太阳?

穿惯了皮鞋、套久了袜子的脚,皮肤似乎越来越细而薄,像张纸,禁不住草鞋的扎。大街上流行着千奇百怪的东西,头发染黄、染成油彩；鞋帮高，再高；衣裙把人裹实得像个石榴，又把人裸露得眼睛跳动发麻。草鞋，没法流行，流行不属于它的性格和语言。若是真有一天，大伙儿一窝蜂地挤进琳琅满目的商场，是为了寻找一双过去的草鞋，在步行街大理石的路面上，靓女们挎着鳄鱼皮袋、身着超短裙，男士们着衬衫、打领带，腰上别着手机，但一致地脚绑一双草鞋——这等装束又叫人如何理解呢？

只有自然的环境，才是草鞋的故乡。就像在那个小镇上，穿草鞋的人，在青石板与泥土地之间跳跃，脚印遍布各个神秘的角落。草鞋与大地亲吻。它原本就来自于大地的怀抱，一脉相通，脚板（身体）通过草鞋与大地相接，真实地阅读大地的思想，丈量大地骨骼的数量。草鞋是同大地共呼吸、生老病死的，烂死的草鞋甩到田里，雨水泡湿，成了肥田的草料；扔进灶膛，为烧一顿朴素的晚餐加入袅袅香气。

草鞋的命运是由人主宰的，而人的命运，靠谁去主沉浮呢？

我面对客厅里的花及草鞋思考，是在某天黄昏惊醒之后。房间的空气里有我呼出的味道，伸及细微的角落。在我眼里的每一件物品，我给它们一个注视，深情就在一壁与另一壁之间撞跳。努力对自己说话，别让心灵浮躁成一蓬乱草，这时只想找种解脱。而眼前的花、瓶、草鞋，还有其他，一事一物里总是写满内容，内容真实，映照心灵。帮助你走开，远离尘嚣，于是那些不快、忧伤和杂乱就在黄昏里像那颗落日，逐渐隐没，消融，挥发……

被露水惊醒

在没有记完的蓝色笔记本中，我发现了一首写给于冬的诗。我再一次想起，有很长时间没联系于冬了。其实我是遗失了联系的方式，于冬，这位我儿时的伙伴，真就轻易地随着时间搁浅在记忆的海湾了。有人特意地在电话中谈起他去过的小镇——我和于冬的出生地，还有仍然存在的巷子，我内心顿时涌起莫名的感动。

关于那条巷子，于冬比我要熟悉。他早我降临于巷子，也迟于我离开。在我还不曾离开巷子的日子里，一天要去几次，去过多少次，现在心里没有一点数的概念了。在那座小镇上，巷子是最普通的那种露天巷，或窄或宽的天空和白云在巷子里生活的人们头顶晃来荡去。这类巷子就是小镇典型的肢体语言，但它们又因人们生活的变化各异，暗含乐趣与忧伤，藏着传奇和希望。

父亲单位的院子，我生活的地方，与那条露天巷仅一桥之遥。然而这之间的距离，仿佛隔开了一个宁静的村庄与迈步现代化的城镇，是泥土与水泥森林判别的标志。

说到那桥，因为有条小沟渠，宽不过5米，除了夏季镇电排站放水，平时沟渠里见不到水的影子，只有横七竖八的石块、垃圾。连接沟两岸的桥，只是简简单单的3块石预制板。3块石板，各自年代不同，其中一块坏了，还藕断丝连地耷拉在沟上方。另两块，一高一矮，一厚一薄，上面留着几只脚印，有人的，也有鸡和狗的。

我是露天巷里的常客。我的许多玩伴就住在这里。与于冬的第一次相遇也是在这里。出大院的铁门，走过3米宽的水泥街面，从那块"断桥"上颤颤悠悠地颠跑过去，就投进了巷子的怀抱。笔直的巷路，不足100米长，我就那样笔直地走过去，要走过胡木匠家，傅篾匠家，弟弟的铁哥们儿刘鹏家，宗嫉驰家，肖疯子家……有趣的是，从20世纪90年代初期，巷子两边的建筑风格已经呈现出不同。右边是一排高低不平的瓦顶房，老青瓦，独门独户，进深长，有天井。许多人家的天井里要养几盆花，栽一棵树。左边的房子也高低不平，但都是水泥结构的两层楼房，这边的前门和那边的后门打开可以说话，是几户人家的主妇议论着天气、衣料和商品价格，也是建筑的现代与历史在交流。从早到晚，从春到冬。

离开露天巷的日子，记忆在时间里藏匿。只有巷子的夜晚伴随着玩过的游戏凸显出来。儿时的我们，喜欢这条静谧、和睦、亲切的巷子。在夜色的掩护下，我们从各自的家门溜出，溜进比夜更深的巷子，溜进孩子游戏的天地。巷子的每个犄角旮旯，都是我们无比熟悉的。那边有个石阶，是五级，哪儿有个躲人的缝隙，从这家穿过又从另户人家出来，捉迷藏，水枪战，弹弓仗……这些只有在夜色下、在巷子里，才叫人过瘾，才带来刺激，到今天还令人难忘。

而于冬，这个当时被我们看作有些智力障碍的同龄人，他那双斜视的眼睛常使我们无端地发笑，他喜欢自言自语，他的动作笨拙，他总给大人提一些连我们也觉得幼稚的问题。他一个人在被我们远离时嘴里总是低声地唠叨着，那些句子我们听不懂，被戏称为"鸟语"。后来那新迁来喜欢养花的阿姨家的小女孩也受到牵连，我们喊他们的称谓变成了"鸟语""花香"。

……然而于冬的耐性从小就得到表现，他死缠着要加入到我们的

"巷战"中,屡次失败又屡次把热脸贴过来。有一次得到大家的许可后,他显得无比的高兴,虽然那种高兴被压制在心底,脸上只表露出一丁点的端倪。而他在"大战告捷"之后说的那句"夜深不过巷子",我们都听到了,并且听清楚了。我们都愣住了,因为不明白他要表达什么,可又不好意思问,只好囫囵吞枣地记着。那时已经读四年级的我,老师开始要求写日记,我在当晚的日记中据为己有地描述了这句话,第二天老师在这句话上画了一条力透纸背的波浪线,且让我获得了作文范读的虚荣。我那时信心百倍地断定于冬将会成为诗人,因为只有诗人,才会说出这样的句子来。这是我尊敬的老师说的。

后来,我勇敢地承认了"剽窃"的错误,让那句话的真正作者于冬成为学校老师交谈的焦点。现在回想,一个人大可不必为了满足一丁点的虚荣心而让心灵负重。我走出小镇后,和于冬保持着一段时间的直接来往。就是这个儿时被邻里们认为有智力障碍的家伙,凭着一股子钻劲考进了北方的一所大学,让大家很吃惊。他从大学里回来,下火车后的第一站就是我的单位宿舍,我在不远处静静地看着他提着包满头雾气地下车,眼睛四处搜索却看不见我,直到我挥手,他那双眼睛才会放松下来。我们常常交谈至深夜。我宁愿把这个叫于冬的家伙看作是真正的诗人,虽然他读大学时学的是机械,看似与诗歌毫不搭界,毕业后混迹于各个城市各种职业(有趣的是,这些职业与文学无关)之间,他喜欢文学阅读,写过诗但至今未拿出去发表。据他说,他曾在沿海某城市露宿街头。他的行为,不失为一位诗人的生活。诗人的生活是有气质的生活,这种气质隐藏在他的身体、动作、语言及与他相关的事件之中。

多年以后
在街头,我目睹
大树下酣睡的你

被一滴露水惊醒
惊醒的还有，灰尘覆盖的
记忆，和一条埋在深处的巷子

就像我从笔记本里发现的这首诗一样，我只剩下记忆，那么点记忆有时还感觉少得可怜。还有我对"惊醒"这个词语的崭新理解，意识、思想、身体、细胞……或者还有更多的惊醒。

现在我唯一能确定的是我们都与那条小巷分了手，到了外面更繁华、更热闹的城市里，再也寻觅不到一处单纯的露天巷了。在声嘶力竭的忙碌中，不断地还有关于小镇巷子的消息传来，谁家的孩子考上大学了，哪个老人过世了，谁家的房子卖了……每次听到它们时，眼前又会浮现出巷子、石桥、夜晚，又会想起说话怪兮兮的于冬在那个晚上说的那句话：夜深不过巷子。在想的时间流逝之中，我仿佛看见于冬在街头的恬然酣睡中被一滴露水惊醒。那惊醒的模样依然与众不同。

第四辑 有天使在屋顶上飞翔

浮光掠影

之一： 光与影

影子是角斗的后遗症。

光明与黑暗为了争夺一件不透明物体，黑暗就在光明的土地上留下一道浓血的痕迹。

一位朋友说，若是有一天能发明一种灯具，扯亮它，便散发出黑色的光芒。光芒能有黑色的吗？我立刻否定。也许是我想象力太缺乏，但我还是否定朋友的假想。只要存在光明和黑暗，只要人类的视觉系统不是习惯于黑暗替代光明，那么黑暗不能发光，好似黑白不能颠倒。它已经是黑的，事实证明、论定，它就不能是白的。也许我说得太绝对，我是一个在某种意义上喜欢绝对的人。

朋友说，唉，为什么没有人敢于去想呢，即使是一次失败的假想。其实这个定式是人在演变进化、历史发展的过程中形成的。定式化的思维注定了人类中的大多数人不是爱因斯坦和牛顿，只是平凡的你我她。

之二： 声音的影子

身边存在着多少种声音，身边就藏着多少种声音的影子。

天花板上的脚步声、洗碗时碗之间的碰撞声、三更半夜某个喝醉酒的人的嚎叫声、电视机里的打斗声……每一种声音，都能传到听觉系统完全正常的我的耳朵里，落到我的心坎上。

声音证明我是真实的存在物。

掏句埋在心里的话，有时我还真愿意做一个有听觉障碍的人。这种障碍绝对不影响最基本的生活，比如别人和我打招呼时说声"喂"，一位女孩子说"我喜欢你"，还有某种警报声。若说玄点儿，就是一切让我不高兴听的我全听不见。这自然对耳朵要求挺高，到底耳朵不仅是一种外在的工具形式，还是关系到整个神经系统尤其是听觉神经的事。

我喜欢深夜站在阳台上听雨的声音。雨打在树叶、窗台、房屋顶和土地上，声音像一部庞大的交响音乐。我也能听到大地回应的声音，声音化入土里，长成一棵棵树的根。我不知道，有多少人和我一样拥有这种爱好，但我敢肯定的是，在雨下着的夜晚，有一种声音，幽深，铿锵，像一块石头击中柔软的心房，于是我的耳朵里分泌出一种使我心情轻松的因素。嘀嗒，嘀嗒。淅淅沥沥，淅淅沥沥，连绵不断。

第二天清早，在上班的途中，一位同事告诉我，昨夜她没有睡好，下了大半夜的雨搅乱了她的心绪，她失眠了。她思念远在另一个城市的亲人。我微笑着。我一贯以不过分的微笑去回答别人的喜怒哀乐，这种笑一点也不过分，对方一定能够接受，并且习惯于接受。我不需要再作任何需要声音帮助的解释。我不能告诉她，只要是夜晚下雨，我就高兴，乃至兴奋。雨的声音是我想象的源泉，是思维畅游的动力，是我无法抗拒的魔法。即便如此，我还是要保持微笑的模样。

这多么美好。后来我想，雨的声音能够帮助同事去思念，虽然夜不能寐，但思念成了件美丽的事。

掷下书本，又走到阳台上，雨正在飘着，肆无忌惮地飘着。有的沾上我的皮肤，凉，然后是温暖的感觉。楼下这棵树又长高了，枝繁叶茂地继续生长着，倒是这座楼房伸出的防盗网、晾衣架霸占了它的自由空间。

一根树枝快爬到我的阳台上了，房里的灯光有一些漏在叶子表面，叶面的水珠就渗透着光线，一滴、一滴地往下滚落。雨小了，滚落的过程就不那么清晰了。房里的灯熄了，叶子也看不清了，只剩下黑乎乎的一团，在这个雨夜里。

福斯特说，为了接近一种寂静，我不得不把钟也停住。生命，在钟摆的晃动里一下一下地消逝。我害怕听这种人工造成的恐惧的声音，因为我会愈发地感觉到自己的一无是处，离理想的成就那么遥远。我拒绝它，拒绝一种绝对的寂静。可爱的生命运动的声音，是不能消失在人的耳际的。

在我对关于雨的声音的长久思考以后开始写作时，窗外竟然又下起了雨，这雨下得那么突然，声音又那么强烈、清晰。雨，打破了夜的宁静，驱逐着夏季白昼的炎热，带给我写作的一段真实记忆。

楼下那棵树，浑身抖动着，欢快地手舞足蹈，它和这场雨久违了，它等待良久。我能想象到，它正躲在自己厚实的影子里，喜滋滋地吮吸着——雨的声音，还有那位同事，也正躺在床上辗转反侧，幸福而忧伤地——思念着——另一个城市里雨的声音。

之三： 心灵的影子

我站在阳光洒遍每一个角落的阳台上眺望。父亲走过来，成为阳光下的一分子。父亲离我很近，我能够看清他脸上的每一根皱纹，更令我惊讶的是，他黑色的发丛中张扬着岁月的影子——白发——射出银样的光芒——冷冷的。这是我第一次看到父亲的白发，看到岁月在曾经年轻力壮的男人身体上烙下白色的影子，如冬眠的动物蛰伏后的苏醒。我看到一个人的老去，也想起一个人将来的老去。

在那团白色的影子里，我长大了。

为了纪念20岁的生日，一个离去便不复返的日子，我写下一段段的文字，叫《心灵的旁白》。我不常拿出来读，不习惯，而且那些文字里藏着心灵的影子，我打开它，影子就会钻到我的房里，光会慢慢褪色。

与几个怀抱远大理想而满脸无奈的朋友，不抽烟、不喝酒地倾诉孤寂。这里面只有我写作，满心欢喜地抓住迸发的灵感，在无数个"风高夜深"的夜晚，把一摞稿纸涂抹得凌乱不堪，又满心欢喜地从这堆破旧的瓦砾中寻出一两片惊奇。我困守着坚壁着自己，我是怎样的我啊！

……

文学是苦闷的象征。我选择了文学，就要准备过一种岑寂、不后悔的生活。于我，却无法在这种生活里度过完整的一日，选择后退，又发现根本无路可退。

那几千个方方正正的汉字，在别人手里揉和成一串美丽闪亮的音符，却让我谱成比锅碗瓢盆的混响还要低劣的噪音。我在噪音中紧紧地捂住思想的耳朵，发出嘿嘿的傻笑。

你问我最大的失意是什么？是无处寻到那激情澎湃的心声化成的文字，是丢失了本该拥有的温馨的家园。这是一代人的苦烦。为了追求而追求着，支付着青春、勤奋，为什么抬头时，那人还在灯火阑珊处？

在一段漫长的风雨里，我开始为我的失意着急。鬼使神差地，在脑海里植入了"人生失意始成文"的命题，为了这个命题，我四处奔走。

……

李泽厚在与刘再复的对谈中说:"哲学能使人启悟。"

在我读到这话之前,我已经在哲学的黑色森林里游游荡荡。因为黑色,每一次都撞得脑昏眼花,甚至头破血流。康德的《判断力批判》让我在翻了五六页之后,开始摸不着方向,仿佛一只自取灭亡的飞蛾,朝蓬勃的火苗投去。

于是在哲学面前,我甘心做一棵小草。

过了那段时间,从穿衣镜里我陡然看见一个有些面熟的人在里头,头发蓬乱,面容凄凉,身体瘦弱,白色衬衣领口堆积了一层黑色且厚厚的垢物,牛仔裤的膝头给磨得赛过油光发亮的秃头,脚上是一双钻出两个大脚趾的布拖鞋,而那最传神的眼睛里是散淡与茫然。

那是我呀,不是我又是谁呢?我得赶紧逃离这个让我变成怪物的地方。在逃离的路上我发现——

我又失败了。

……

那游丝般的魔鬼的气息飘晃到床头、桌上、橱窗里,充斥整个房间,游离于我的左右,黏附在到处卧着的书里。书,是我唯一的财产和欣慰。

但是,于它们,我是否是它们的欣慰呢?

我囫囵囵囵地听到了,囫囵囵囵地买回来,囫囵囵囵地怀抱它,又囫囵囵囵……这不是我炫耀的资本,是牵附着一种羞耻感。

这些原本是一个体系的书籍,又难以分门别类,它们互相倾轧、压挤,躺着,立着,倚着……如同一场激战后的静谧,只有缕缕硝烟飘浮在空气里。而我,是战争中死亡的逃亡者。

我匆匆抽出一本，又匆匆拿出另一本，书在我的手上来回颠覆着。我，左右不了它的命运，也探测不了它的秘密。

我更习惯于摩挲。

对书的。谈不上好与坏。只是我慢慢地形成了这种习惯，一时半会儿无法改变的，从摩挲所获得的快感是无比的。一种由生理上引起的波及精神上的快乐、欢畅。

……

唯有书香，让我陶醉。

我在以后的陶醉里记住了厄恩斯特·卡西尔的名字，还有他在《语言与神话》中说的一句话："艺术是一条通向自由的道路，是人心智解放的过程。"

我在陶醉中惊醒，失落。

……

我暂时是个失败者。

这个世界没有永远的成功，也没有永远的失败。我靠它来鼓励自己，在时间的河流中流淌。每次将那份心动记载，都感觉到我站在悬崖上，身后的路模棱两可，脚下是一片漆黑。

从卡西尔的话里我茅塞顿开。一次次把自己推上悬崖的我，是走着与自由相反的路线，就好像寻找真理的人总是敲开谬误的大门，其实真理就住在谬误的隔壁。

我们何不在每一扇玻璃窗上都敲上几下呢？

这怎么可能呢？

……

当我合上让·雅克·卢梭的《忏悔录》的最后一页，仿佛也经历了一场心灵审判。那等待末日审判到来的卢梭说过的一句话："这就是我所做过的，这就是我所想过的，我当时就是那样的人。"

在这句话面前,我被深深地震撼而且发现自己渺小起来,我连鹦鹉学舌地说这话的勇气也丧失殆尽。

没有对自己的过去和将来给予一个正确的判断和选择,又怎么能谈自由呢?我发现,那些大谈自由的正是一群没有自由或自由不够的人,也是一群渴望自由的人,才会对自由感兴趣和舍命追求。自由在不同时代和环境的不同里,附身的对象也不尽相同,革命、真理、事业、金钱……但对我而言,在文学上去寻找一个20世纪70年代末出生的青年的自由,我还无法获得。

20岁,是最渴望自由自在生活的年龄,又是最不敢自由的,我是这样的。从幼年走过的成熟,对一个原本远离、混沌而美妙的世界生了憎恶的心理,它完全不是我所曾理解的那般模样,好像是对一位身材窈窕的淑女的向往,走近才发现她的内心霉变得厉害,肮脏败劣,又好像是一幢外表堂皇富丽的楼房,里面是一派萧条荒凉的景象。

……

20岁,是灿烂在杠杆上寻找一个支点,看我们选择怎样的方式去撬起地球;

20岁,是一个气吞万里如虎又胆怯孱弱的年纪;

20岁,崇拜一切又渴望被一切崇拜;

20岁,想做得太多,做了的很少;

20岁,更应该是一份有质量的人生的开端。

……

20岁,走近了。

又走远了。

我找来一把锋利的跳跃着白光的剃刀,小心地一层层地刮去身体上那块灰色的污迹，每刮掉一点，灰色就会淡了些。我不知道，这块灰色是什么时候镀上我的皮肤的，但我感觉到它已蒙住了精神的全部。我要刮掉它，因为我不想在灰色里生活。

我小心翼翼地坚持着。每刮下一点，我的心就会"咚咚"地跳得更快，而手上的动作也跟随着加快。

我听见了灰色剥落掉在地上的声音。

声音沉闷、巨大、令人恐惧。

声音在我的四周生长。我正躲在幕布后念着旁白。演出，是一场不知名的话剧，没有乐队，没有灯光，没有道具，没有观众，甚至连舞台也撤走了，只有独独的我，一个人和一张蓝色的幕布。

蓝色，让我想起了辽阔和炫目，白云的舞蹈，未来的路和生活的美好。

刮掉灰色，就会看见蓝色。

这一段旁白，只是属于20岁时的，它不代表我的将来。旁白也没有结束……

我绝不厌弃这段心灵的旁白，正像我不厌弃灰色一样，如果没有灰色——

我又怎能看见蓝色呢？

……

我不嫌累赘地叙述着，文字与思想和我的年纪一样的幼稚。面对这段"心灵的影子"，我知道，我庆幸，它是真实的。

我还没能背叛自己。

在心灵的影子里，我甘心沉默。沉默是今晚的盛宴。

有天使在屋顶上飞翔

金鱼死在便池里。金鱼死在下水管道里。它连同排泄物挤进幽暗的长长的直的弯的管道，进入一个更大的地下排水系统中，在那里金鱼将见识更多稀奇古怪的东西：塑料袋、硬币、包装袋、饭菜残渣……一条只剩下脑袋的鱼。

这些金鱼当然是无法感知的，但倒金鱼的人，把金鱼从透明的、略带混浊的鱼缸和水中带走的人，在完成倾倒这个动作之后回到沙发上，他的意识和金鱼开始了旅行。黑暗的旅行。

我随手翻开一页。我指了指这页的末尾，她认真地念出声来：我相信有天使在我的屋顶上飞翔。我们常常玩这类游戏，我们强调随意二字，在这个时刻找到的句子令人难忘，而更多的时候是我们找不到令我们一起心动的句子。

在一个小时之前，我们在玻璃餐桌上吃饭，不知是否因为天气的原因，我们的心情不佳，也不知是做饭时我谈起一个什么话题，然后我就听到她在一个人回忆。回忆没有离开她的艰苦环境下的童年与学校生活。从读四年级开始，要走七八里路，每年开学初，父母要拖一板车柴火送到学校作为一种无偿也是必需的资助。教室里很破旧，到下雨天没有干地方走，冬天每个人要从家里带一张塑料薄膜去褙住窗户洞。她说着说着声带像用力拉扯了一样，变音了，然后眼睛红了，泪水也滴落了。我先是心里一阵别扭，微笑着说苦尽甘来嘛，小孩子似的。她不依不饶地伤心。这伤心后来意外地让我也感到了不安。我也去想从前的经历给我留下了些什么，算得上是记忆吗？

楼上那对母子声音笨重地回家了。母亲在教儿子念古诗："离离原上草，一岁一枯荣。野火烧不尽，春风吹又生。"我不认识他们，我拒绝与邻居往来，我行我素让我活在一个人的世界、活在孤独中。我现在格外地厌烦世俗，但周围总有那么多的"世俗"（话语、举止、环境……）奔进我的视线。任何一个人都是无法避免的，有时我也很宽容地想，过分地强调避免是否有胆怯之嫌。我不能只是生活在象牙塔中。文字除了带给我们美好之外，还有清醒和冷酷。我听到那母亲声音响亮地说："我们的小天使到家喽。"

在那个干燥的冬天刚过去的春天，雨水暴落了一个星期。有趣的是，雨总是从半夜里开始，到清晨止住。在雨水冲刷后的清鲜空气里行走，身体从内到外都是舒畅无比。这样的气候带给我起居生活一系列的烦恼。我租居的房子，20世纪80年代末的建筑，雨从顶楼，从没了玻璃的窗户洞里飘进那间堆满杂物的小房间，挤进厨房后窗的缝隙里，顺着墙壁流到水泥地面上。石灰水粉过的墙壁被冲出一道弯弯曲曲的沟。早晨起床后的第一件事就是清理昨晚地上的积水、泡发的地面红漆、墙壁上脱落的灰块。

但在随后的日子里，我们熟悉了春天的雨水、植物的芬芳，并投入到春天的生活之中。

于是，我每天步行往返于办公室与我的租房之间，在那条我至今记忆清晰的路上，我的脚步轻盈，树上的可爱的精灵们带着我展翅飞翔。与此同时，我感到有天使在我的屋顶飞翔。

整个反常的雨季以及后来阳光灿烂的日子里，我常站在楼顶上，从楼梯间的简易梯口爬上去，看到更多的屋顶和纠葛不清的线路，看到白云蓝天，星星月亮。那个我无法描绘的天使，不像图画中长着翅膀又能随意飘飞，她的面庞总是被微笑占据。她是在我屋顶上欢蹦乱跳的天使，能带给我好运和福音的天使。

突然间，我想到了那条金鱼，被我倒进便池然后进入下水管道的金鱼。是我粗心的动作破坏了一条金鱼抵达天堂的梦。我张开手臂，身体朝楼上的空白飞去，希望不需要翅膀也能飞翔起来，就像楼顶上的天使一样。

消失的河流

"消失"是一个让心灵敏感的人更加敏感的词语。

世界上每一秒钟的"滴答"声里都有事物消失或诞生着。每天我们身边有多少事物悄然地消失着,就有多少记忆蒙上尘土。可能有的是一瞬间消失的,而有的是在眼皮底下一点点消失的。

对于那些消失的事物我们只会留恋。躲在温暖的房间里空空地回忆。几个人聚在一个用记忆搭建的平台上叹息。哎,要是它(消失的事物)还在,多好!

一声笨重的叹息只会加剧一个人心态的衰老。时光的飞逝、人事变化的剧烈、知与不可知的遭遇都会像一道道皱纹刻满一棵树光滑的身体。于是,那一个树瘤,应该是王五的死的见证;另一圈疤痕是张三家被杀掉的牛撞留的伤口……数也数不清的痕与迹,就隐藏着众多纷纭的故事,在我们生命的河流里像泥沙一样沉淀,被一层又一层土遮盖。

更多的消失,连熟知的我们也无从知,消失就是消失,没有喇叭高声的通知,没有纸上肆意的宣传。你在某天遇上了,就勾起你的想念,在心里怪怪地存放好一段日子。比如我离开的出生地,比如一个曾经交情很深的人,以及某地的整体变化,总是在悄悄地改变着,说不太清楚,但心中的疙瘩是有的。就像家乡那条曾经清澈的河流,傍着偏僻的小镇日日夜夜地游走,穿过我14岁之前的一切生活。我也像河流一样匆匆地穿过存储着我话语与脚印的小镇。小镇底下掩埋的许多事与物被少年时的我忽略,像忽略河流曾带来的快乐。在我写下的大部分文字中,对小镇的描述微乎其微,我和小镇都互相把对方省略了。

重新勾起我对河流的惦记,缘于去年腊月故地重游,去看望旧日的老师和同学。单一的交通扼杀了小镇的发展空间,但无法阻挠时代的发展。两三层的楼房交叉着拔地而起,拥挤的农贸市场是气味的发酵罐,伸展的帐篷把街道压缩成巷子,翻新的路面与破败的路基都无法激起我低落的怀旧情绪。我的记忆在零乱的事物与嘈杂的声响里消失为负数。

几个同学绕着小镇兜圈,想找又没找到什么。后来上了加固加高了几次的大堤,空旷与萧索一齐涌来。眼皮下的河流,它的影子一闪而过,然后呈现出来的是河洲。在河水退去的大片河洲之上,我们像回到少年时代一样地狂奔、追逐,像一片片叶子追逐风的方向。河洲上的人稀少,我们的纵情可以毫不掩饰。这是城市里的人永远也体会不到的快乐。稍远处的一片叶已落尽的杉树林,我们曾在那里逮过两只野兔,见识过好几种已忘记名字的昆虫。都过去十几年了,我们还骑上现代牧羊人的瘦马,心情忐忑地迎风颠簸。仿佛只在此时,我们才寻到"回去了"的感觉。

风是一阵隔一阵地吹来的,陡然间增添人心底的凄凉感。树林里除了牧羊人临时住的小木房子,坑坑洼洼的路与草,都被一群等待着养肥变卖的羊踩过来啃过去,几百上千只鸭子交错地在污水里聚餐。

听一直生活在镇上的同学讲,河床越来越高,每年夏季汛情到来前,河堤被筑得越来越高。县政府正在考虑将河流改道,拉直拓宽另一条河道,以扩大水上运输。而这片河洲有人提议搞成一个娱乐场所。越来越窄的河流像个即将被抛弃的孩子可怜兮兮地紧紧靠着小镇,却把大片的河洲留给了对岸属于邻县的农民们开发。

我淡淡一笑。事物的发展变化是人所不能一一预见的。眼前这条河流,给小镇带来的喧哗与骚动,终将消失在后代的笔记本和视野里。那些出生、成长、去世在小镇上的人们,在河流的视线里也一天天消失。我心里紧张的是,再过些年月,是否连现在这条窄窄的河也会见不到了呢?

有河流的地方是幸福的。我庆幸自己在河流生命力旺盛的日子里与它相依为伴,我也是幸福过的人。可将来,我想看见这条河流发生怎样的变化。它是继续地干枯,或者是被开发利用成另外的消费场所,把城市流行过的娱乐方式统统地堆积在一条河流的上面?

我又一次将自己陷入思想的泥淖里,低吟着"消失的河流",等待梦幻的到来,期冀梦幻将现实同化。

谁是走在你身旁的第三者

谁是始终走在你身旁的第三者？我常常迷恋于这样的句子，说不出原因，带给我的感触是虚无的那种。这样的句子是只有艾略特才能写出的，他写给那些在极地探险的他们，即使疲惫至极，但笃信还有第三者——那个叫基督的男人，与他们同行。

我有一个很坏的想法，中毒已深。在一个地方待久了，与周围的人混熟之后，我就总想换个地方居住。不知道这算不算喜新厌旧。我不喜欢有太多的第三者光临我的生活。小时候我多次想过离家出走，当学生时搞过一次到另一座城市玩因没有办好请假手续而被点名批评，我还常常做梦到陌生的地方飘游。

其实我也不知道能走到哪里去。一个人总脱离不了更多的人群，即使到了新去处，一回生二回熟了，我又得蚂蚁搬家似的寻找下一个地点。

我喜欢听人讲事儿，真的、假的，亲历亲为、道听途说的都行。开始人们还愿意讲，尤其是在喝酒的场合，大家兴致极高，喝了几杯后话匣子就哗啦啦地打开了。后来大家不愿意说是因为知道我业余是个码字工，人家不愿被扯进说不明白的叙述圈套里。这一点我也理解。

而我又非得在码字上干出点成绩心里才踏实，矛盾呀，我于是总在心里念叨着要离开。有一次，我认识的邮递员知道我的想法后，就对我说，这应该是你内心的东西。

那天晚上我忙忙碌碌，感觉到肚子饿了，一个人来到附近的夜宵摊挑了一家卖烧烤的角落坐下。年轻的瘦高个儿邮递员看到我，走过来礼貌地打招呼，然后热情地邀请我加入到他那一桌。他那边还有一男一女，是对情侣。"他是我朋友。"邮递员介绍男的说。后来在那只平底锅的油烟刚冒起的时候，情侣接到电话不得不应付另一处的聚会，于是只剩下我和邮递员。一年多来，我很少涉足如此的夜生活，但能理解像夜猫子一样的青年人的精力无限。

邮递员和我有过一面之交。他负责这个社区的信件投递工作，有一段时间我的邮件和稿费单特多，几次碰到守门卫的大爷笑逐颜开地对我说，送信的那小伙子说想要认识你。一天下班正好碰上邮递员送邮件来，大爷就把我隆重地推到了他面前。

第一次见面没有说什么，我对他道了个谢。他说这是他的工作。我知道这是他的工作。

真正的交流是在一个偶然碰到的晚上开始的。他喜欢自己的工作，尤其是给普通的人家送信。一些人家的摆设，居住些什么人，寡言的老人，爱化妆的女孩，哭闹的孩子，被父母强迫学习的调皮鬼，哪家信多，哪家没收到过一封信。他秩序混乱地讲述着让他或快乐或郁闷的经历。

那个夜晚我们尽兴而归。不久，他调离了这个社区，他说很抱歉再也不能给我送信了，他说他在很多邮局营业点工作过，时间都不会太长，他说我是这个社区给他印象深刻的人。我们握手告别。那个春节过后，我看到一个胡子拉碴的中年人接替了他的工作。我的心里有些伤感，好不容易遇到个谈得来的素面朋友，他又这么快地离开。

我有时候也会羡慕他，这第一个与我结识的邮递员。他几乎每天都经手天南海北的信件（我把这些信件看成无数的秘密），两只脚踩着绿色的自行车像灰尘般地在路上有目的地往返，工作性质决定了他的生存状态。他说他喜欢把从许多不同地点抵达的信件送到更多不同的人手中。可能这里面有他暗恋过的姑娘，他甚至亲手送过自己写的信，这种幸福只有他才深切地感受过。

与邮递员比较，我是那么的脆弱，是一个彻头彻尾的空想家。是呀，我不是邮递员，在常人眼里我那些荒诞的想法是多么不切实际。人求一种安稳的生活，迁徙是动物们的生存方式。

后半夜被梦惊醒，一个与儿时美好时光有关的梦。那些要好的同学一个不落地回到了那所学校，坐在各自的座位上，老师没来，我正和同桌叽叽喳喳地议论一件趣事。老师一直没来，坐在后排成绩不好的男同学站起来走到我身边，左手叉腰，右手指向我的同桌，大声地说，她是妖怪！我惊讶地看到刚才还可爱的同桌身体急剧地发生了变化，嘴唇抹上了口红，衣着也花哨起来。大家纷纷过来指责她，她拼命拨开阻拦的人群，冲出了教室。

这时候我醒来了，心窝和背有润润的湿意。我想再次进入梦中，去追赶同桌，却始终没有进去。同桌身上曾经发生过不该她承担的事件。因为一件母亲答应的连衣裙没有及时购买，她赌气从家中拿了50元钱出走了。据最后看到她的人说她是乘镇上最后一班车在傍晚时离开的。她唯一能去的地方是县城。她的父亲第二天开始了寻找之旅，一个本来经济状况不错的家庭，为了寻找开始省吃俭用四处托人，她的母亲在相当长的一段时间里显得神经兮兮的。直到3年后，她被公安机关从赣西南一个偏远农村里解救出来。那时我们这些同学已经中学毕业各奔东西求学。她也没再进过学校。后来我参加工作去了更远的城市，就再也没见过她，也没她的消息了。

我的同桌，现在在哪里？她的生活是否恢复了先前的宁静与温馨，出走被拐骗而导致的阴影是否被时间的手掌抚平？她在临出走前几天的傍晚，在回家的路上，在一棵树下堵住我，说："我要去找一个更好的地方，你相信吗？"我茫然地盯着她那副认真的模样，拨开她叉着的手拐进了离家不远的巷子。当时我以为这只是她的一句玩笑话，后来事件发生我没有把这个细节说出来。不是担心她的出走牵连到我，而是她的行为构成了对我心灵的一种压迫，一些简单的事情因舌头的卷动而复杂起来。

几个月前，我坐火车远行。在卧铺8车11号下铺，我看到一个男孩一直在敲着手提电脑的键盘。我来回穿梭，想要靠近他，他终于在凝思时发现了我。后来我们交流甚久，他在写一个有关"出走"的小说，开头是这样的：

"事物都以……叶片似的光点出现。"

我知道那个男主人公和女主人公要冲破家庭的阻力去到远方流浪。他们年轻，有知识，有能力，更重要的是他们有一颗勇敢的心。他们要换一个地方居住，并见识一批又一批新的人与事物。

我们之间沉默相处，他问这样写好看吗？我没法给这样一个还在电脑中的小说任何语言形式的评价。

我和那男孩在火车站互留地址，握手告别。他说受了某种触动，可能是来自于我，他将要把"出走"写成一个人一次生活旅途的开始。